手のひらの蓮

カラタラ・カマラ

Translated to Japanese from the English version
of Lotus on my Palm

Devajit Bhuyan

Ukiyoto Publishing

全世界での出版権はすべて

浮世絵出版

2024 年発行

コンテンツ著作権 © Devajit Bhuyan

ISBN 9789362695192

無断転載を禁じます。

本出版物のいかなる部分も、出版社の事前の許可なく、電子的、機械的、複写、記録、その他のいかなる手段によっても、複製、送信、検索システムへの保存を禁じます。

著作者人格権は主張されている。

本書は、出版社の事前の承諾なしに、本書が出版されている形態以外の装丁や表紙で、取引その他の方法で貸与、再販、貸出し、その他の流通を行わないことを条件として販売される。

www.ukiyoto.com

本書は、Srīmanta Śaa_1E45Śaṅkaradeva と、犬、狐、ロバの魂も同じ神、ラーマであると信じる世界中に住むすべての人々に捧げます。

(ククラ・シュリガロ・ガダルバル・アトマ・ラーム、ジャニヤ・キサバク・コリバ・プラナム)。

「至高の主は、犬や狐やロバの魂にさえ留まる、
生きとし生けるものすべてに敬意を払え。
- スリマンタ・サンカルデーヴ (1449-1568)

内容

序文 1
手のひらの蓮 3
サンカルデーヴァのシンプルな宗教 4
一服従の宗教 5
サンカルデーヴァは再び戻ってくるべき 6
サンカルデーヴァの宗教では 7
サンカルデーワを拒否する 8
弟子たちがサンカルデーヴァを訪問 9
サンカルデーヴァ師 10
アッサムの黄金 11
サンカルデーヴァのブリンダヴァニ・バストラ（布製
.... 12
ハートの王様 13
サンカルデーヴァの出発 14
シヴァ神の足 15
カネに支配された宗教 16
祈り 17
お金 18
アッサム・サイ 19
男性 20
谷間のアップビート 21
繁栄するアッサム 22
アルコールを避ける 23
戦争 24
グッジョブ 25
不老不死はない 26
色の祭り（ホーリー） 27
チタル 28
フェスティバル・シーズン 29
年齢 30
母を愛する 31

4月	32
ダサラタ（ラーマーヤナ物語）	33
バラタ	34
ラクシュマナ	35
ラバ（ラーマの息子）	36
神を探す	37
正直な道のシャリオット	38
心のケア	39
時間を無駄にしない	40
心の痛み	41
身体のケア	42
子供の散歩	43
マダンのユーモア	44
不思議なパグのココ	45
風	46
天然ハーブ	47
心の恐怖	48
木の恐怖	49
政党交代の政治（インド）	50
新色	51
来世での出会い	52
いじめ	53
司祭	54
太陽が昇る	55
バーラタ、急げ	56
すべてを愛する	57
トム、君は仕事を始めるんだ	58
死亡時	59
家スズメ	60
お金のきらめき	61
働く準備ができていること	62
成功した人生	63

ゴールデン・アッサム	64
キャンドル	65
アワド王国	66
ベルベット	67
月	68
ウサギ	69
クオレル	70
サイ、生き残りをかけた反撃	71
川の波	72
モスキート	73
占星術師	74
60歳	75
腐らない母	76
愛するアッサム	77
愛のバーム	78
自宅と家族の情報	79
お金は努力によって得られる	80
ザ・ブル	81
怒り	82
ブロー・ホット・ブロー・コールド	83
ホーティー・トゥーティー	84
新年の愛と愛情	85
3月から4月にかけてのアッサムの天候	86
4月の恋	87
奇妙な世界	88
母の愛	89
クラウド	90
誤用	91
昔々	92
価値のない愛	93
アホムの600年にわたる継続支配	94
私は成功する	95

バーン・フラワー・ツリー	96
アラブの人々	97
ジャングル	98
カダー	99
アッサムの香水（沈香オイル）	100
洪水	101
仕事の果実（カルマ）	102
嫉妬	103
すべてはいつも通り	104
亀	105
カラスとキツネ	106
自分なりの解決策を見つける	107
誰もあなたを引き上げない	108
嫉妬、嫉妬、嫉妬	109
死と不死	111
目的がわからない	112
苦労して稼いだお金がどこに消えてしまうのか？	113
マングース	114
神の祝福	115
枯れ木も山の賑わい	116
私はゾンビと生きている	117
そして人生はこうなる	118
ブロークン・ハート	119
止められない技術	120
ジェンダー不平等	121
いつの日か、ガラスの天井はなくなる	122
神は彼の祈りの家には興味がない	123
著者について	124

Devajit Bhuyan

序文

スリマンタ・サンカラデーヴァは1449年、紅茶と一角サイで有名なインド北東部アッサム州ナガオン県に位置するバルドワで生まれた。サンカラデーヴァは幼くして両親を亡くし、子供の養育の責任は祖母にあったが、祖母はこの仕事を見事にこなした。サンカーラは幼い頃から、心身ともに偉大な力を発揮していた。この時期には超自然的なエピソードも多く、彼が普通の子供ではなかったことを証明している。サンカラデーヴァの最初の作詩は、入学初日に書かれた「**カラタラ・カマラ・カマラ・ダラ・ナーヤナ**」である。

"কৰতল কমল কমল দল নয়ন।
ভব দব দহন গহন-বন শয়ন॥
নপৰ নপৰ পৰ সতৰত গময়।
সভয় মভয় ভয় মমহৰ সততয়॥
খৰতৰ বৰ শৰ হত দশ বদন।
খগচৰ নগধৰ ফনধৰ শয়ন॥
জগদঘ মপহৰ ভৰ ভয় তৰণ।
পৰ পদ লয় কৰ কমলজ নয়ন॥
(カラタラ・カマラ・カマラダラ・ナーヤナ
バヴァダヴァ・ダハナ・ガハナ・ヴァナ・サヤナ
ナパラ・ナパラ・パラ・サタラタ・ガマヤ
サバヤ・マバヤ・バハヤ・ママハラ・サタタヤ
カラタラ・ヴァラサーラ・ハタダサ・ヴァダナ
カガチャラ・ナガダラ・ファナダラ・サヤナ
ジャガダガ・マパハラ・バヴァバヤ・タラナ
パラパダ・ラヤカラ・カマラジャ・ナーヤナ)"

この詩のユニークな点は、子音だけで構成され、最初の母音以外は含まれていないことだ。サンカラデーヴァは学校で、詩を詠むように言われた年上の生徒たちと一緒になった。彼はアルファベットの最初の母音しか覚えていなかったが、それに従った。その結果、クリシュナ神に捧げられ、クリシュナ神の属性を描写した、絶妙に甘美な詩が生まれた。スリマンタ・サンカラデーヴァはアッサムの社会文化生活の父と考えられている。彼はまた、サンスクリット語を起源とするアッサム語を近代化した祖先の一人でもある。

スリマンタ・サンカルデーヴァはまた、インドの最も偉大な社会的・宗教的改革者の一人でもある。彼は15世紀にインドで利用可能なあらゆる宗教哲学を研究し、儀式主義的なヒンドゥー教から自由なヒンドゥー教の新しい宗派「エカ・サラーナン・ナーム・ダルマ」を広めた。彼は、ヒンドゥー教に蔓延していた神の名による動物の生け贄に反対した。彼はまた、ヒンドゥー文化のカースト制度に反対し、カーストや信条を超えて統合しようとした。彼の有名な言葉 "Kukura Shrigala Gordoboru atma Ram, janiya sabaku koriba pronam" とは、*犬、狐、ロバ、皆の魂はラーマだから、皆を救いなさい、という意味である。* これは、イエスの「罪を憎むのではなく、罪を憎め」という言葉のように、ヒューマニズムと人間性への訴求に遠く及んでいる。

スリマンタ・サンカラデーヴァが示した道に従って、私はアッサム語で3冊の詩集、すなわち『カラタラ・カマラ』、『カマラ・ダラ・ナーヤナ』、『ボロフォー・ゴール』を作った。この本 "Lotus on my palm" は、アッサム語で書かれた私の本 "Karatala Kamala" の翻訳です。母音を使わずに英訳することは不可能であるため、核心的な意味を邪魔することなく、原詩の精神とテーマを維持したまま翻訳を行った。読者がこの詩集を気に入り、スリマンタ・サンカラデーヴァの教えと理想を世に知らしめることを願っている。

デヴァジット・ブヤン

手のひらの蓮

バラの木の下で、サンカルデーヴァは眠っていた。
太陽の光が彼の顔にまぶしかった。
キングコブラはそれに気づき、日光がサンカルの邪魔になると考えた。
コブラが木の穴から降りてきて、影を与えた。
これを見た友人や近くの人たちはみんな驚いた。
サンカルデーヴァは神から天の祝福を受けているに違いない
そして、彼はアルファベットを覚える前に最初の詩を書いた。
人々は彼の詩を心から愛し、賛美し始めた。
しかし、動物のいけにえを捧げる祭司たちは、多くの疑問を投げかけた。
国王は象を使ってサンカルデーヴァを殺すよう命じた。
しかし、彼は神の恩寵によって無傷で済んだ
10 年以上にわたって、サンカラは知識を得るために聖地を訪れた。
彼は悟りを開き、アッサム語でいくつかの不朽の詩を作った。
アッサムの人々に愛され続ける不朽の名作「手のひらの蓮
普遍的な愛と兄弟愛についての彼の教えは、アッサムを豊かにした。

サンカルデーヴァのシンプルな宗教

世界の宗教は愛である
愛への道は、摩擦ではなく、良い仕事である
心が純粋であれば、愛への道は簡単だ
シンプルであること、そしてすべてを愛することが良い宗教だ；
怒りの中で、宗教と愛への道は行き詰まる
私たちはいつも、他人の宗教は熱くて悪いと言っている。
他人の意見を尊重せず、容認しない
その結果、宗教は無知と抑圧の道具となる；
愛はすべてシンプルで、言うのは簡単だが、従うのは難しい
だから、この宗教の教えは雑草のように広がることはない。
人々は欲望と貪欲さで宗教的な巡礼をする
しかし、サンカル・デヴァの宗教は簡単で、何も必要ない；
アルコールは救いへの道ではないし、罪のない動物を殺すことでもない
恐怖と欲は、仕事の戦車でも人生の目標でもない
愛とすべてを愛することだけが、真の宗教の矢である
金、貪欲、憎悪、筋力は満足の道ではない
サンカル・デヴァの言葉を借りれば、欲望を持たずに祈ることで救いが得られる。

一服従の宗教

自分の体からクローンを作ることで、神は人間を創造した。
私たちは、自分の人生を全能の神に委ねるべきなのだ。
蓮の花を足につけて祈ろう。
時間の矢は彼の願いで止まり、すべての命が終わる；
ダサラタ王の家に生まれたラーマ神の弟「バラタ
ラーマは愛と尊敬の道、そしてコミットメントの重要性を示した。
光の祭典ディワリは、悪に対する善の勝利として祝われる。
ラーマは、悪と不道徳の象徴であるラーヴァナを滅ぼして故郷に戻った。
確立された真実、公平な法の支配、信頼、すべての臣民への愛情
ラーマの帰依者であるサンカル・デヴァの教えもまた同じである。
アッサムの人々は、今日に至るまでサンカル・デヴァが示した道を歩んでいる。
カースト、信条、宗教的憎悪の悪魔は、サンカル・デヴの地では歓迎されない。
彼の教えと祈りのシステムを通して、彼の宗教は啓蒙的なものとなった。

サンカルデーヴァは再び戻ってくるべき

サンカル・デヴはアッサムに再び戻り、彼の宗教理念を教えるべきだ
進歩に伴う痛みと分裂を、彼は根絶することしかできない。
彼の地における宗教的、社会的、ジェンダー的差別という見えざる雑草
彼の教えだけが、憎しみと人間社会の分裂を根絶することができる。
彼の存在は、アッサムやインドの人々からほとんどの病を取り除くだろう
サンカルデーヴァが戻り、アッサムが再び世界で輝くべきだ
バプテスマと弟子作りのシステムは世界的なものとなる。
人々の考え方が変わり、兄弟愛が芽生えるだろう
彼の祈りの殿堂"ナムガール"は新たな高みへ変異する
些細な宗教的解釈の名による相違や争いは消え去るだろう。
アッサムの人々のマインドはオープンになり、より広く、人々は人々を統合していくだろう。
世界の社会文化環境が、分断という黒い厚い雲に覆われることはないだろう。

サンカルデーヴァの宗教では

サンカルデーヴァの足元に蓮華を飾ろう
世界的に彼の弟子になろう
サンカルデーヴァの宗教は非常にシンプルである。
神は唯一無二であり、表現を超えた存在である
神の祝福のために神の創造物を犠牲にする必要はない
純粋な気持ちで神に祈る。
神はどこにでも存在し、いつでもどこでも祈る
動物界だけでなく、すべての動物界を愛することが真の宗教である。
心を大胆にして善を行えば、悟りを開くことができる。

サンカルデーワを拒否する

心は常に不安定で気まぐれ
それを克服するためのサンカルの道はシンプルだ。
老後は、金も富も平和をもたらさない
混雑しているビーチの近くでも、一人で歩かなければならない。
自分の家でさえ、若者は話をしようとしない。
心の痛みは何倍にもなる
人生の最期に、なぜ他人の重荷になるのか
心を開いて神に祈る。
確かに、サンカールのテキストは、気まぐれな心に救いへの道を示してくれるだろう。

弟子たちがサンカルデーヴァを訪問

手の上の蓮
徒歩でのサボ
コトコト」という音
サンカルデーヴァの到着を意味する；
弟子たちは大喜び
サンカルデーヴァに会いたいという彼らの願いが実現した。
サンカルデーヴァは明るい太陽のように見えた
弟子たちは彼の輝きを見て驚いた。
彼らの口から、祈りが流れ始めた
彼らは天にも昇るような喜びをもってサンカルデーヴァの足に触れた。
弟子たちの人生は成功した
サンカルデーヴァは彼らを近代的でシンプルな宗教の洗礼を施した。
サンカルデーヴァの教えは徐々に、野火のように広まっていった。
アッサムの空、空気、家々が彼の詩を唱え始めた。
アッサムの社会文化は新たな展開を見せた。

サンカルデーヴァ師

サンカルデーヴァは人類にとって普遍的なグルである
彼は善、平等、霊性の象徴である。
誰も彼に匹敵する者はいない。
サンカルデーヴァと同時代の人物は数人しか見ることができなかった。
一つの神、一つの祈り、そして兄弟愛を広めた。
人々の心の闇はすぐに消えた
強欲で暴力的な人々が意識を取り戻した
サンカルデーヴァは史上最高の劇作家であり演出家であった
彼の戯曲は急速に広まり、アッサム文化のバックボーンとなった。
サンカルデーヴァのビジョンは人間だけにとどまらない
それは、この地球上のすべての生き物の生命を包含している。
サンカルデーヴァはアッサム民族の永遠の父である。

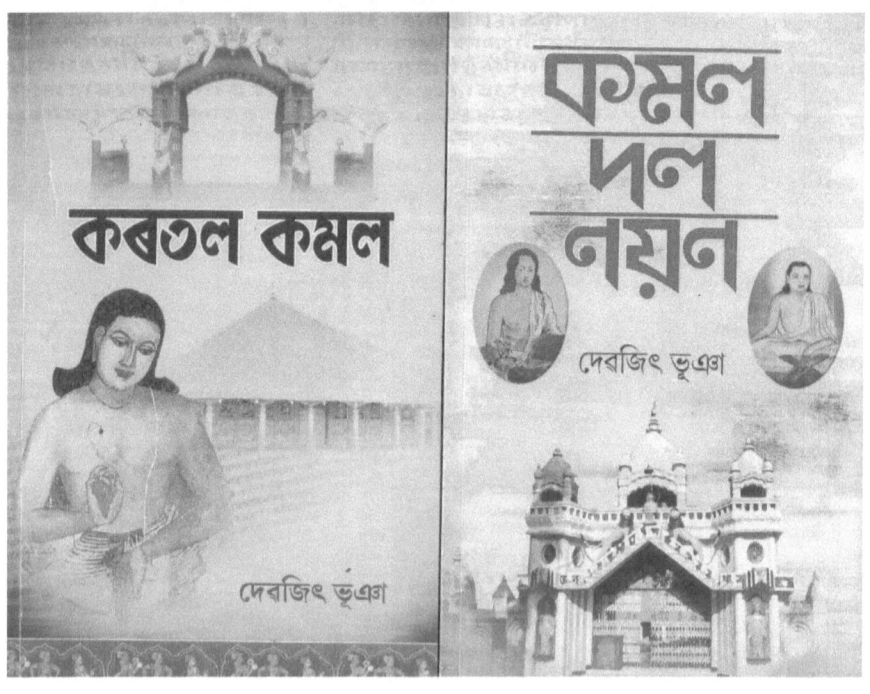

アッサムの黄金

ハザラットの家はアラブの国にあった
香水は彼の心と宗教にとってとても大切なものだ。
サウジアラビアで生まれた新宗教、ハザラットは預言者だった
この宗教は偶像崇拝をやめ、唯一の神を崇拝するようになった。
儀式にとらわれない新宗教は瞬く間に広まった
ハジ巡礼は毎年恒例の儀式となった
やがて他宗教との争いが始まった
宗教的不寛容が原因で戦争が勃発した。
世界の人々は宗教対立のために多くの苦しみを味わった
非アラブ圏の人々はムハンマドを非難した。
サンカルデーヴァは、あらゆる信仰間の兄弟愛と普遍的な愛を説いた。
イスラム教の信者たちも彼の弟子になった
アッサムでは宗教的十字軍や紛争は起きていない
社会は共同体の調和とともに前進した
サンカルデーヴァはアッサムの黄金であることを証明した。

サンカルデーヴァのブリンダヴァニ・バストラ（布製

サンカルデーヴァは弟子たちとともに、記念碑的な布を織り始めた。
傑作の制作に参加した誰もが、大喜びした。
クリシュナ神の物語は、この一枚の布に描かれている。
世界中がブリンダバニ・バストラの美しさに唖然とした。
このユニークな布は、アッサムの織り手と織物産業の王冠となった。
イギリス人がアッサムにやってきて支配者となったこともあった。
ブリンダバニのバストラはロンドンに運ばれた
それはサンカルデーヴァとアッサムの織物職人の栄光として、今も大英博物館で輝いている。

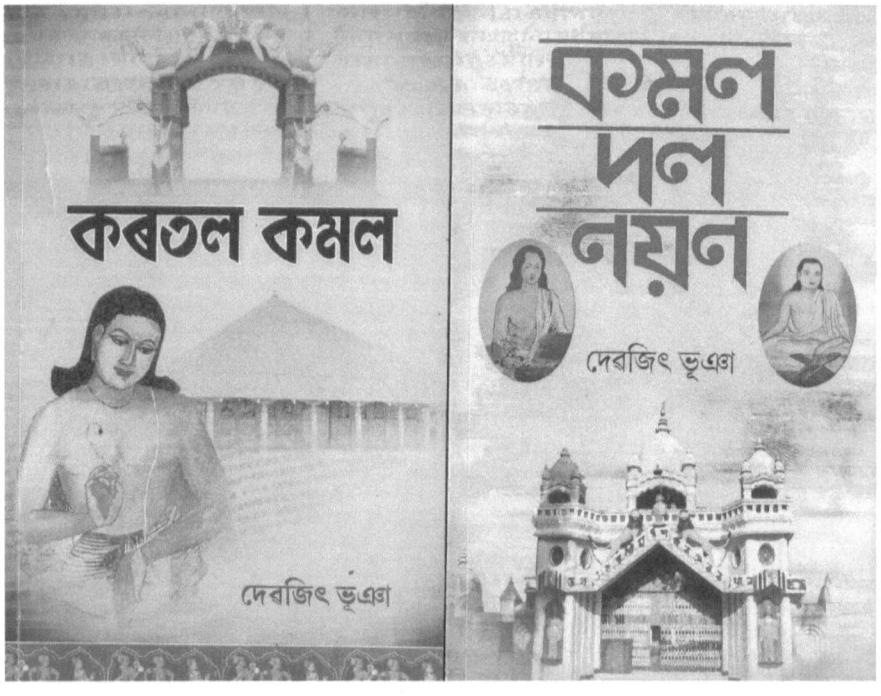

ハートの王様

アッサムの人々にとって、サンカルデーヴァは新たな心の王となった。
アッサムの地平線で、彼は明るい太陽のようにバラを咲かせる。
彼の言葉と教えは風のようになった。
アッサムが脚光を浴びる
彼の著作は、改革ヒンドゥー教の宗教的テキストとなった。
人々は群れをなして彼に従い、弟子となった。
儀式的なヒンドゥー教は、庶民にとってシンプルなものになった。
カースト、信条、貧富の壁が取り払われた。
人々は文武両道で彼に従った
彼はアッサム地方で誰もが認めるハートの王に即位した。

サンカルデーヴァの出発

サンカルデーヴァの誕生から120年が経った。
聖者サンカルデーヴァの旅立ちの時が来た
サンカルデーヴァは王を弟子にしないと決めた
しかし、アッサムのナラナーラーヤナ王は彼に洗礼を授けるよう主張した。
サンカルデーヴァは、王がさらなる圧力をかける前に、世俗の生活から離れることを決意した。
彼は弟子たちに自分の宝物をすべて与えて天国の住処へと旅立った。
アッサム州とベンガル州全体が彼の旅立ちに衝撃を受けた
人々は数日間泣き続け、涙は雨のように降り注いだ。
サンカルデーヴァは、その宗教的テキストやその他の著作によって不滅の存在となった。
今日に至るまで、彼の詩と著作はアッサム語のバックボーンであり、古典である。

シヴァ神の足

この世のドラマの終わりは、シヴァ神を通して起こる
死とは、鏡に映った人生の終わりである。
シヴァ神はこの宇宙における完璧なダンサーである
彼の永遠のダンスの摩擦の中で、星と惑星は消える。
彼の呼びかけで銀河も死に、ブラックホールになる。
シヴァ神は、純粋な心で祈りを捧げれば、簡単に満足させることができる。
生と死は創造と破壊の一部
ラーマ神やクリシュナ神でさえも、死から逃れることはできない。
死の神である閻魔大王でさえ、シヴァ神の使いにすぎない。

カネに支配された宗教

世界は今、罪と穢れた行為に満ちている
山の頂上も深海も自由ではない
シンプルでホリスティックな生活を好む人はいない
誰もが罪の海で泳ぐことに忙しい
宗教は金に支配されている
犯罪者は金の力で宗教に入り込む
お金のために、司祭は聖なるシャワーで犯罪者を賞賛する
いつか神の再誕が起こる
世界は憎しみ、罪、犯罪から解放される。

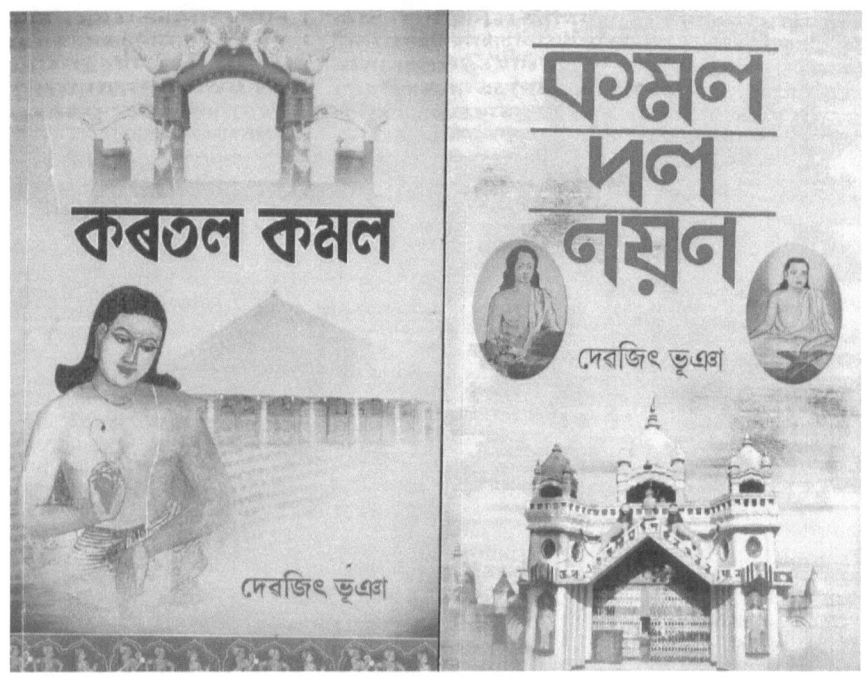

祈り

心をきれいにするには、祈りが不可欠
人々のクモの巣を取り除くには、それが不可欠である。
祈りは純粋な心で行うべきである
祈りの結果、私たちはそれを見つけることができる。
すべての生きとし生けるものに対して、私たちは親切でなければならない
貪欲になると、心が縛られて盲目になる
祈りだけが、私たちを解きほぐしてくれる
祈りは孤独のための重要なツールである
期待しない祈りが態度を変える
祈りによって、心は清らかになり、健康で強くなる
厳しい言葉は決して舌から出てはならない。

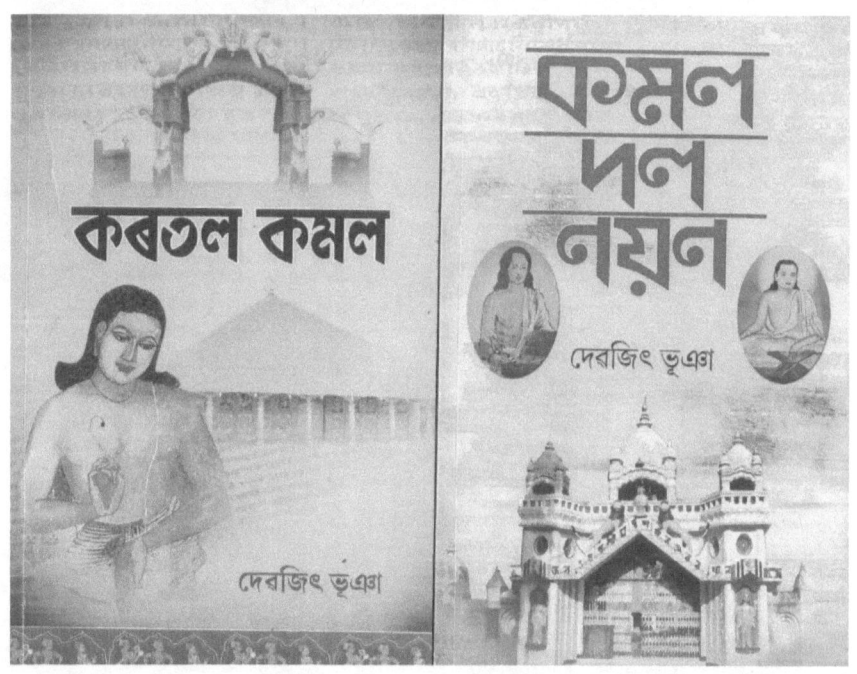

お金

今日、世界では金が人間の目的になっている。
お金がやってくると、魂に天国のような感情がもたらされる
しかし、金銭欲が強すぎると、心が病みつきになり、静止してしまう。
お金が必要なのは、必要を満たすための生存の媒体としてだけである。
しかし、金銭欲は必要なものではなく、単なる欲に過ぎない。
お金は木に生らないというのは本当だ。
この世界ではタダでは稼げない
お金を稼ぐには、ハードワークが唯一の鍵
お金があれば、あなたの世界は決して天国にはならない
貪欲になりすぎると、蜂蜜も苦くなる
お金はあなたの最後の旅のお供には決してならない。

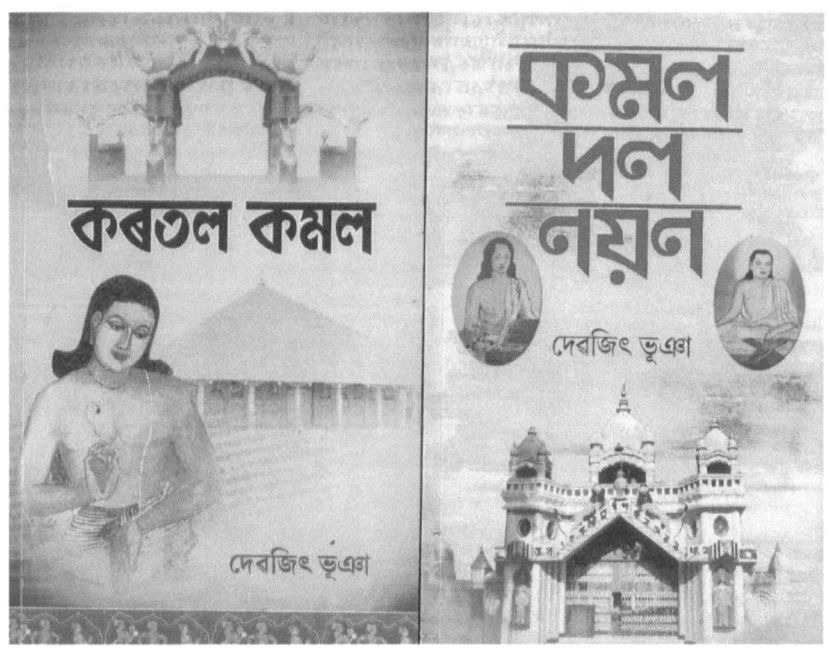

アッサム・サイ

人間よ、恥を知れ
罪のないサイから角を奪うな
アッサムはこの一角獣で有名である。
生き残りをかけて各機関と協力
生息地で密猟したり殺したりしないこと。
野生を訪れる彼らのために愛の道を作る
彼らはアッサムの栄光であり、孤独な子供である。
密猟者がサイを殺す痛みを感じる
竹の近くを歩き回るときの美しさを見よ
カジランガは多くの老若男女に生計を立ててきた
この動物を守る使命のために、あなたの金となるボランティアになろう。

男性

男だ！もう世界大戦は起こさない
現在進行中の戦争を止め、中断させる
戦争を続ければ、世界の破滅はそう遠くない。
人類と文明の基盤が揺らぐ
道路もビルも橋も、すべて壊れてしまう。
数時間以内に、美しい大都市は破壊されるだろう
森林と野生動物が根こそぎ破壊される
春は鳥のメロディーとともにやってこない
家畜の群れがなくなる
男だ！子供たちに敵対行為をやめるよう約束する
戦争を止めるには、形式的な協定ではなく、愛と兄弟愛が必要だ
。

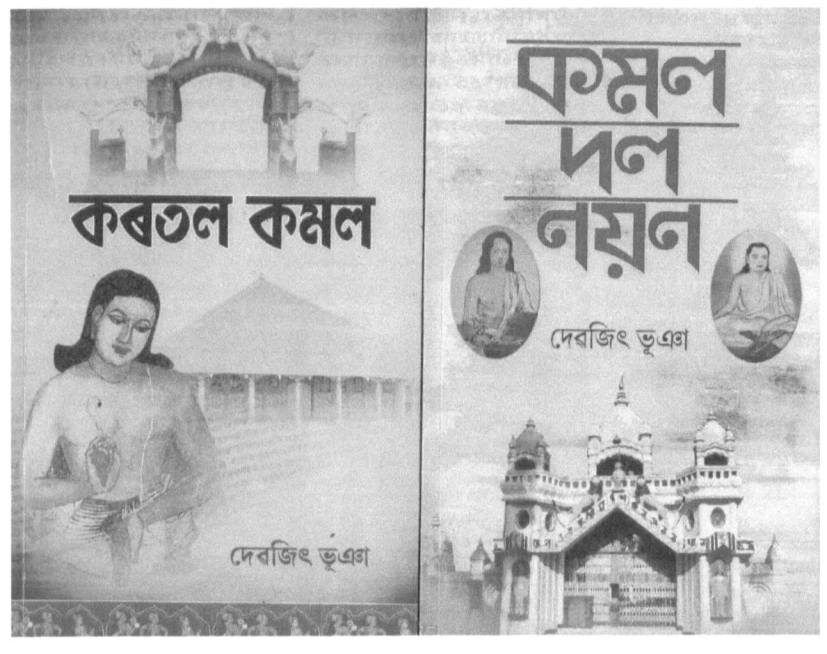

谷間のアップビート

高山の凍った家
手が氷になり、運動ができなくなる
熱いスープを飲んでも効かない
毛織物の服は体を温めることができない
アルコールは熱くないが、体を快適に保つことができる
体温を保つために、ペグであちこちを走る。
数日分の食料品を買うには、バッグを持たなければならない。
1カ月ほどで氷は溶ける
水は谷を流れる
谷は新しい植物で再び活気づくだろう
渓谷の鳥や動物たちは春を楽しむだろう。
新しい木々が谷に緑をもたらすだろう。

繁栄するアッサム

世界の他の地域と同様、アッサムでも春はとても大切なものだ。
さまざまなコミュニティ・フェスティバルの日々がゆっくりと展開していく
織物職人たちは、祭りの季節のために楽しく活発に働いている。
シャトルを織る音が新たな次元に響く
蓮は池に咲き、風に舞う
柔らかい草を食べるために深い森から出てきたサイ
観光客はオープン・ジープに乗り、笑いと楽しみをもって彼らを訪れる。
サイが車を追いかけて走ることもある
見知らぬ人たちが、3人の下でビール瓶を開ける。
天気も気候も快晴で、穏やかで自由だ。
アッサムは花と踊りとミツバチで栄えている。

アルコールを避ける

アッサムのような熱帯の国にアルコールはよくない
高温多湿の気候は飲酒には適していない。
茶園で酒を酌み交わす
アルコールを避けるために、アッサムの人々はこう考えるべきだ。
小鬼と小作人の話を思い出してほしい。
アルコールの場合、家庭の崩壊が関係している
アッサムでは蓮の党が政権を握ったが
アルコールシャワーも増やした
倫理観のない踏み絵師が10代の若者に酒を売っている
親に不幸と緊張をもたらす。
アッサムのような貧しい州にとって、アルコール・ブームは良いことではない。
収入を得るために、酒を勧めるのは失礼だ。

戦争

戦争は冗談やユーモアの問題ではない
不死身の者も戦死する
戦争は家屋、農業、生活を破壊する
あらゆる食品の価格高騰
動物や木々にとっても、戦争は良いことではない。
子供たちは泣き叫び、恐れおののき、母の死を目の当たりにする。
彼らの祈りは、父なる神にも聞き入れられなかった。
エゴイストで愛国者と呼ばれる世界の指導者でもない。
戦争が文明の過ちであることに人類は決して同意しない
痛みと苦しみは争いの最終結果である
親愛なる指導者たちよ、戦争を始めることを決して許してはならない。
あなたの残酷さは、いつか歴史に告発されるだろう。
世界を平和にするためには、頭脳と本能を使うことだ。

グッジョブ

良い仕事の果実は良いものだ
悪い仕事の結果は苦しみである。
良い仕事をしながら、神は同行する
不当な雇用の結果、あなたは一人で苦しまなければならない
重力が木の実を引き寄せる
同様に良い仕事は神の祝福を引き寄せる
すぐにわかるよ、君の仕事は輝いている。

不老不死はない

この世に不滅の人はいない
一瞬一瞬、死に向かって進む
正直の道に、転ぶ心配はない
神の愛があれば、私たちは簡単に旅をカバーできる
金と富に狂うな
お金で不老不死は買えない
死を恐れず、大胆になるために心を強くする
寛大に、親切に、誠実に生きよう
出発時に後悔することはないだろう。

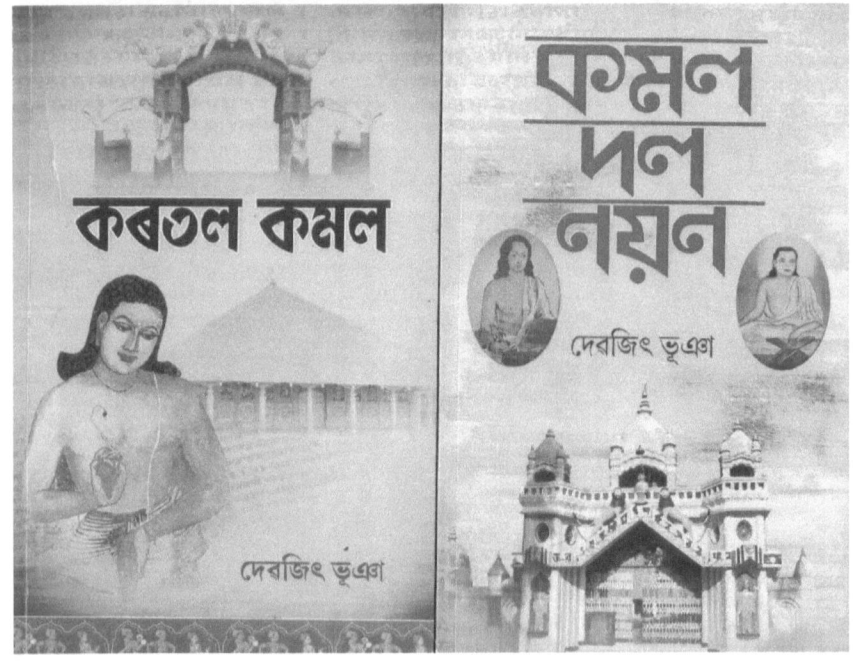

色の祭り（ホーリー）

ホリ、色の祭り
ホリの愛と情愛を楽しもう
赤、黄、青、緑の色の波が流れる
色で、人々の全身を輝かせる
市も町も村も、どこも同じ精神
色彩の偉大さを享受することが本能である
色彩の祭典では、誰もが痛みを忘れて一日を楽しむ
七色は生命の精神であり、そのテーマであるホリ・トレインである。

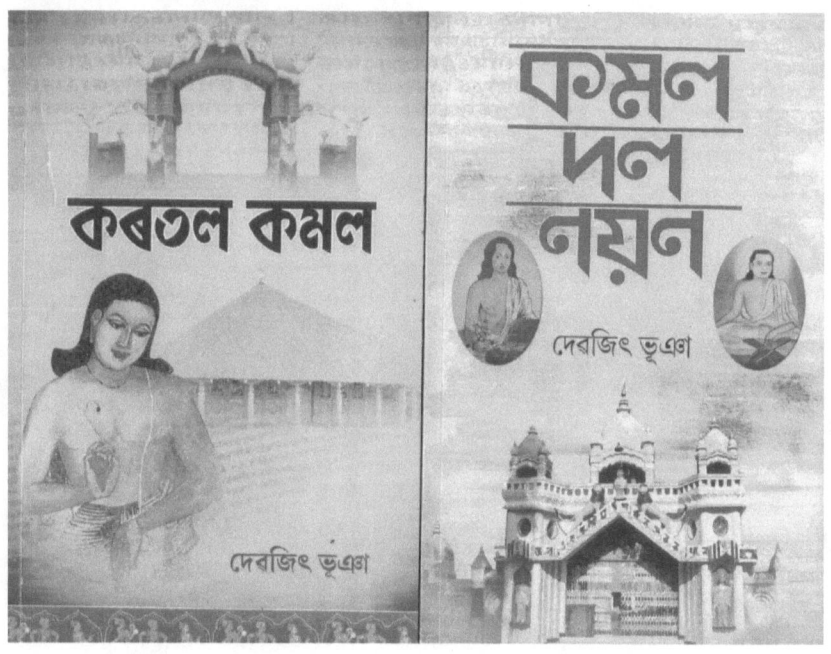

チタル

チタル、ジャングルで草を食む
しかし、人間には気をつけなければならない。
彼らはあなたの肉に貪欲だ
矢のスピードには勝てない
サイと一緒に歩き回ろう
そして象のそばで休む
あなたはインドの美しいネックレス
肌と肉が敵のメディア
森林が減少する中、生き残りをかけた旅は困難を極めるだろう。

フェスティバル・シーズン

あなたは私の苦しみを気にかけてくれない
金銭的な利得を承知で私に急がせた
暑い夏でも、走るのをためらうことはない。
お金は、やる気を起こさせる刺激的な楽しみである
フェスティバルの最中も、願い事をしている暇はなかった
でも、あなたは自分の喜びのために山に登った
しかし、友人について尋ねる時間はない
今、あなたは甘い言葉を口にした。
あなたの言葉はすべて、経済的な理由と欲望のためだけにある。

年齢

高齢になると、人は静的な存在になる
動くのが嫌い。
それでも人は死を恐れる
やり残した願い、仕事、欲望
死への恐怖をより恐ろしくする
たとえ死があっても、あなたも私も助からない
だから、なぜ死を恐れるのか。
スピリチュアリティと全能を拒否する
死について考えつつも、それを軽んじること。

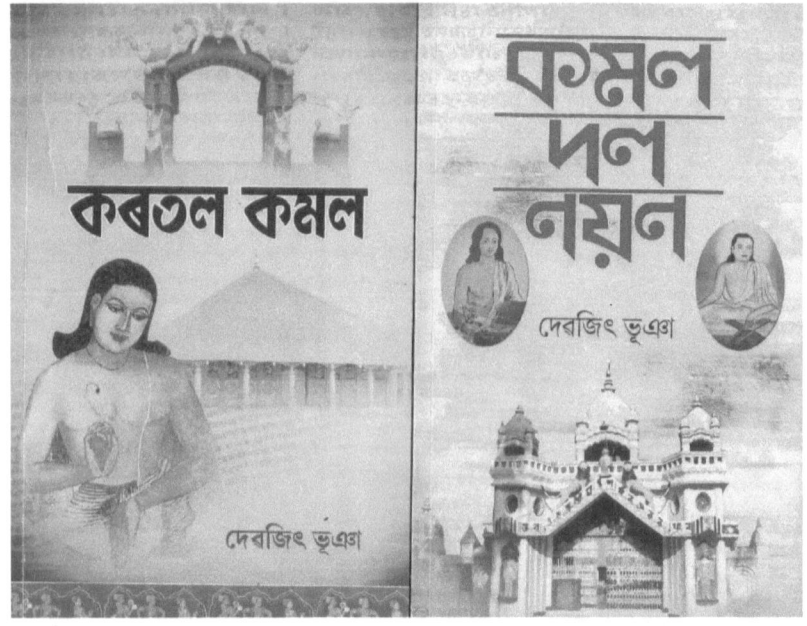

母を愛する

母を愛し、母をいたわる
病めるときも、愛は薬に勝る
薬だけでは病気は治らない
愛を込めたケアには、癒す不思議な力がある
子供の頃を思い出そう
母の手のひらに触れて元気になるとき
老後、あなたの手で触れられれば、彼女は落ち着くだろう。
あなたの愛情に触れること以上に、これ以上の癒しはない。

4月

アッサム州の4月は単なる四月馬鹿の月ではない
4月、すべてのアッサム人の心に浮かぶもの
寒い冬が終わり、季節が変わった
木々には新緑が舞っている
マンゴーの木ではカッコウが鳴き続ける
新しいタオル（ガモサ）を織るのに夢中な織り手たち
歓喜の祭典、ロンガリ・ビフー祭が開幕
老いも若きもビフーダンスの練習に余念がない
ビフーはブラマプトラ河畔のアッサム人の魂
カジランガのサイも、新しく伸びた草を見て喜んでいる
月は単に暦の上の月ではない。
4月（Bohag）はアッサムを緑に染め、アッサム人の心を照らす。

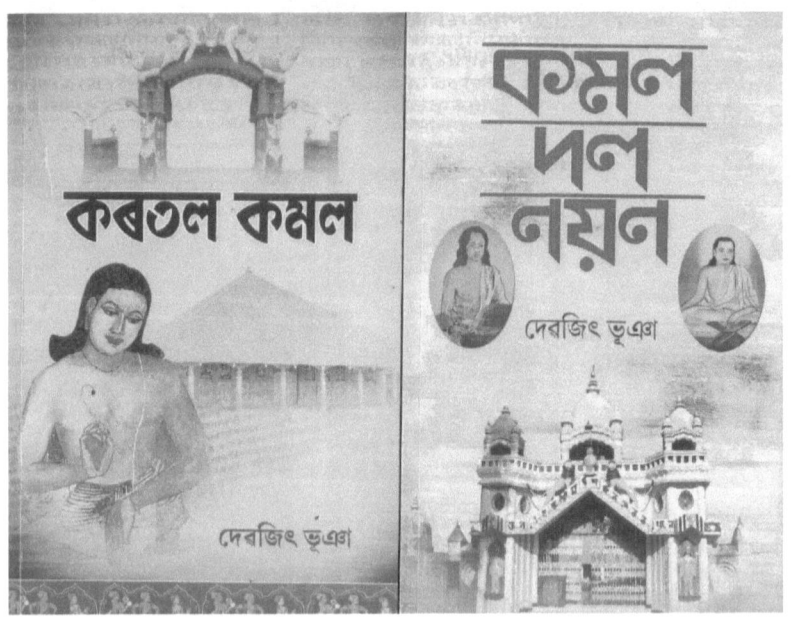

ダサラタ（ラーマーヤナ物語）

ダサラタ王の矢を受けて、盲目の賢者の息子が死んだ。
賢者の呪いのせいで、子供のいないダサラタに子供ができた。
ラーマはラクシュマナ、バラタ、ストローンとともに生まれた。
また、ラーマの妻シータは、ネパールの近くの王国で生まれた。
父との約束を守るため、ラーマは14年間追放された。
ラクシュマナとシータもラーマの亡命に同行した。
ラーマをジャングルに送った精神的ショックから
ダサラタはバラタに王位を譲って死去した。
シータはジャングルで魔王ラーヴァナに誘拐された。
ラーマはハヌマナと仲間の猿の助けを借りてランカに到達した。
シータは救出され、ラーヴァナは殺され、すべてがアユダに戻った。
ラーマは、公平、正義、法の支配による理想的な王国を築いた。

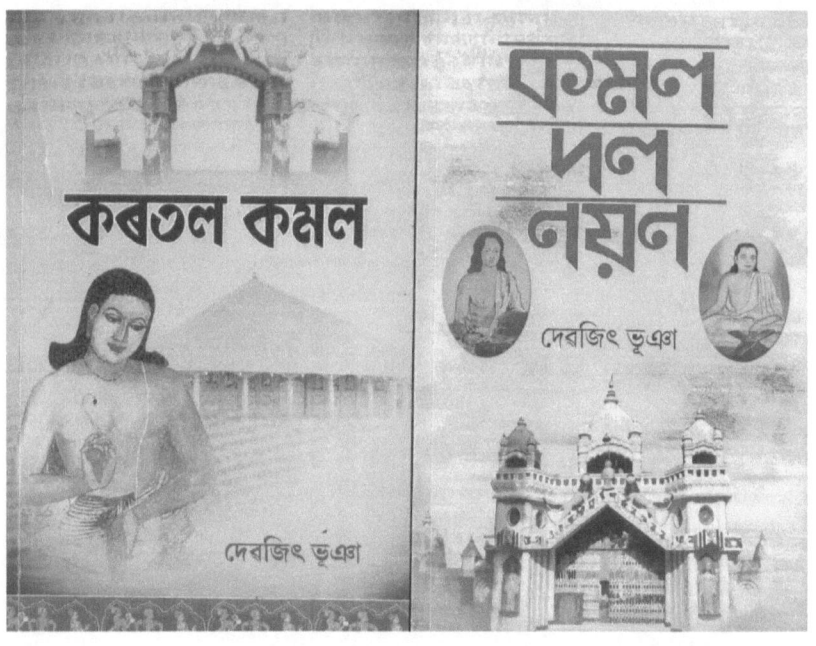

バラタ

ラクシュマナはラーマとジャングルに行った。
バーラタは王国に留まった。
彼はラーマのサボをシンガサン（椅子）に置いたまま王国を統治した。
魔法のチタルはラクシュマナを欺いた
シータはジャングルの小屋から誘拐された。
ラーマとラーヴァナの間に大きな戦争が勃発した。
ラクシャマンは魔王退治で重要な役割を果たした
シータは救出され、全員が幸せに家に戻った。
バーラタの苦悩はラーマの帰還によって終わりを告げた。

ラクシュマナ

賢者たちは「ラクシュマナはラーヴァナを恐れるな」と忠告した。
風の息子ハヌマーンは、影のようにあなたと共にいる。
ラーヴァナはシヴァ神の信者であるが
彼のエゴと傲慢さが敗北を招く
戦争は時間が重要であり、最高の武器で敵を攻撃する
最初に最高の武器を使う
真実と正直の道は常に悪に打ち勝つ。

ラバ（ラーマの息子）

ラバはダサラタ王の孫である。
若くてエネルギッシュで美しい
リシと賢者たちのアシュラマを守る。
ラバの名声は大陸中に広まる
ラーマは彼を集会に呼び出した。
弟のクシャも同行した。
彼らからラーマーヤナの物語を聞いたラーマは驚いた。
双子の兄弟は実の息子であり、ラーマはそれを認めていた。

Devajit Bhuyan

神を探す

大きな寺院では、今でも動物が犠牲になっている。
水牛や山羊の血が川のように流れる
神を喜ばせるために、人は神の子を殺す
罪のない人々の血を見ることを喜ぶ神はいない。
すべての生きとし生けるものへの愛と配慮を見て、神は喜ばれるだろう
人間よ、清らかな心で神に祈れ。
罪のない動物を生け贄に捧げるなら、神はあなたの祈りを受け入れないだろう
あなたが血をもって祈ったことに、主は決して答えてくださらない。
神は常に慈悲深く、決して人を殺さない
自分の利益のために無辜の民を犠牲にするなら、罪を集めることになる。

正直な道のシャリオット

これが私たちのアッサム、愛するアッサム
とても大切で、私たちの心の近くにある
アッサムは良い文化と寛大さの土地である
女性の不道徳な人身売買はない
多くの部族でも、女性が家族を支配する
金欲しさに誰も売春をしない
持参金と花嫁焼却はアッサム人の生活の一部ではない
すべての女性と最愛の妻に平等な権利が与えられる
不正の道には大金があるかもしれない
しかし、アッサムの素朴な男は質素な生活を好んだ
女性の方が殴られたり、離婚したりすることは非常にまれである
。

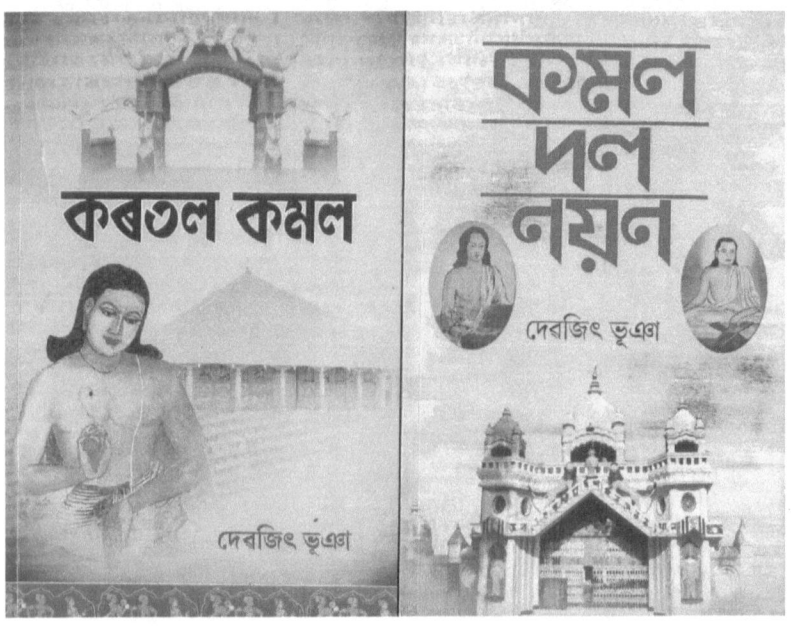

心のケア

私たちはいつも体を大切にしている
しかし、心のケアはほとんどしない
心のケアも同様に重要
なぜケアを怠るのか？
健康的な生活のためには、フェアではない
健康な肉体に健康な精神は、より良い人生をもたらす
人生の複雑なレースに勝つのは簡単だ
病んだ心では何も良いことはできない
心のケアのために、道は簡単に見つかる
いつも笑顔で、誰にでも親切に
正直と誠実の道を歩む
真実と兄弟愛が静寂を与えてくれる。

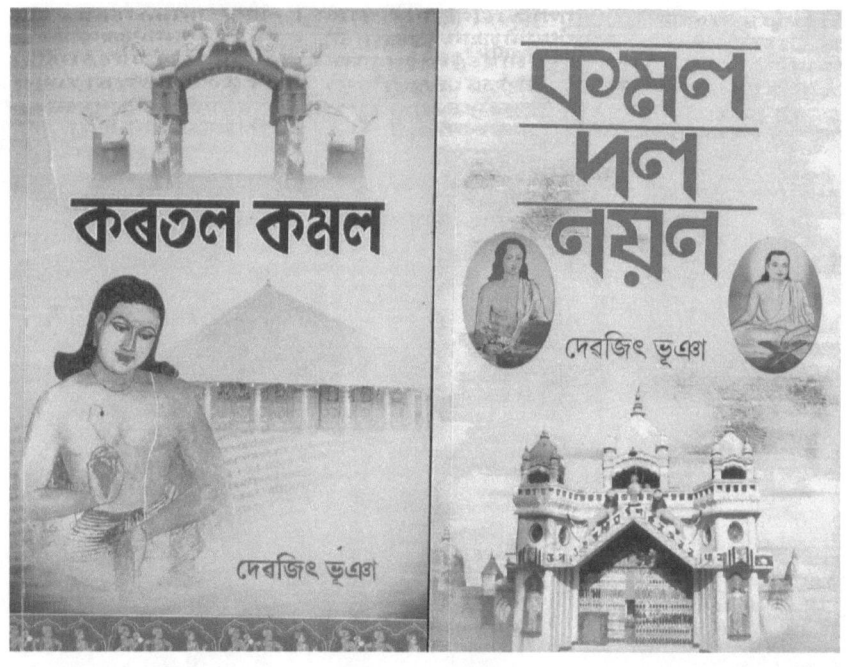

時間を無駄にしない

時間は静的なものではない
時間もダイナミックではない
過去、現在、そして未来
時間の領域では、すべてが同じである
まるで時間が流れ続けているように感じる
海に向かう水の流れのように
私たちの知覚、時間は矢のように動く
しかし、一度弓から離れたら、二度と戻ってくることはない。
しかし、より良い明日があることを願っている
曇りの日も時間は止まらない
晴れた朝はスピードが落ちる
毎年変わらずに
差別やえこひいきをしない
貧しくても、豊かでも、弱くても、強くても、時間は同じだ。
だから、あなたの失敗は時間のせいではない。
人生で最も貴重でありながら自由な富は時間である
無料であることを無駄にせず、活用すれば、人生はうまくいく。

心の痛み

精神的苦痛の中で友人を大切にする
愛と慰め、心の強さ、彼らは得るだろう
孤独は心を弱くもろくする
いくつかの決定は間違っているかもしれないし、敵対的かもしれない
交友があれば、心は幸せで明るくなる
人々は一時的なトラブルのほとんどを克服することができる
精神的苦痛が自殺に追い込む
悪いことをするために、弱い心はいつも扇動する。
精神的に弱っている友人に付き添う
励ましの言葉とともに、平常心へ、友人は戻ってくるだろう。

身体のケア

歩いて、歩いて、歩いて
健康維持のために速く走る必要はない
ウォーキングは最高のボディフィットネスキット
朝の散歩は無気力を押し出す
身体は強くたくましくなる
血液の循環が良くなる
マインドは一日中、より良い状態で保たれる
歩くことに時間と場所の壁はない
ウォーキング・レースにも気軽に参加できる
ウォーキング・コースで新しい友人と出会う
ある友情は素晴らしいものとなり、決して振り返ることはない
ウォーキングは身体にも心にも魂にも良い
健康な肉体と精神があれば、人生の目標を達成することができる
。

子供の散歩

倒れても立ち上がる
しかし、彼女は歩くまで決してあきらめなかった。
ある日、彼女は楽しそうに走り出す。
人生の長い旅が始まる
一度や二度倒れても起き上がれない場合
人生において、レースに参加できるようになることはない。
転ばなければ、誰も立ち上がり、動くことを学ぶことはできない
子供の頃のこの小さな学びが、私たちの人生を良いものにしてくれる。

マダンのユーモア

マダン、ジョークを言え
エイコンが笑い出す
不条理なユーモアは禁物
ジョークの中で、笑顔は落ちるはずだ
小さな雨粒が優しく叩く
しかし、喧嘩の種になるような噂を立ててはならない。
ジョークは家族関係を破壊してはならない
ジョークは笑顔と笑いのためにある
泣いたり、状況を荒立てるためではない。

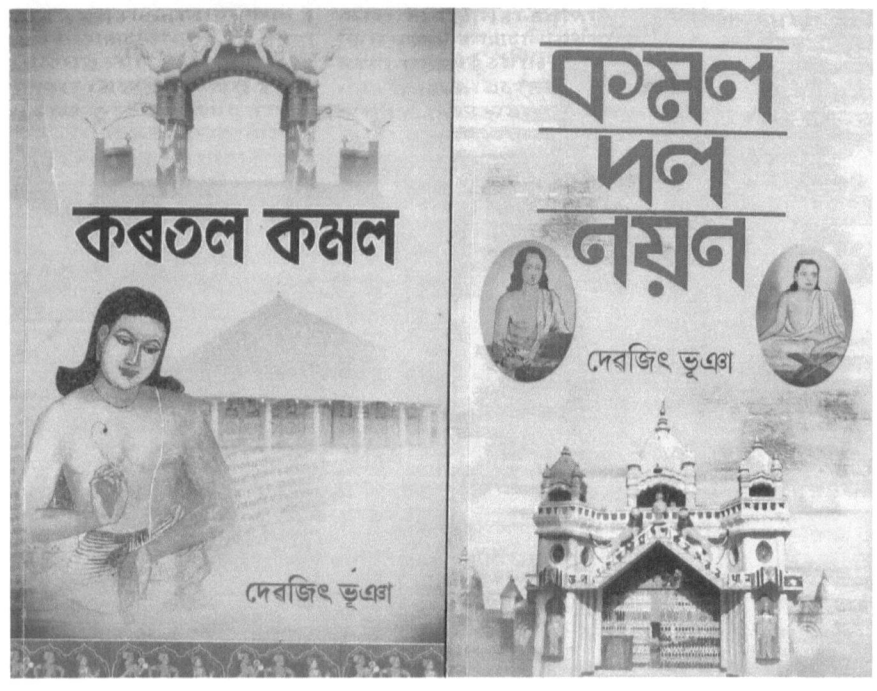

不思議なパグのココ

ココ、あなたは私たちの最愛のペット
キッチンは最愛の場所
食事が遅れると吠え始める
お腹がいっぱいになると、走るのが楽しくなる
あなたは悪い人をとても嫌う
あなたにとって家は神の神殿である
最愛の人々に対して、あなたは決して詐欺行為を行わない
あなたの存在が、みんなをハッピーにする
家族の怒りや暗い表情が消え始める
犬は人間の親友であることは誰も否定できない
あなたの不在が生み出す空白を埋められるものは何もない。

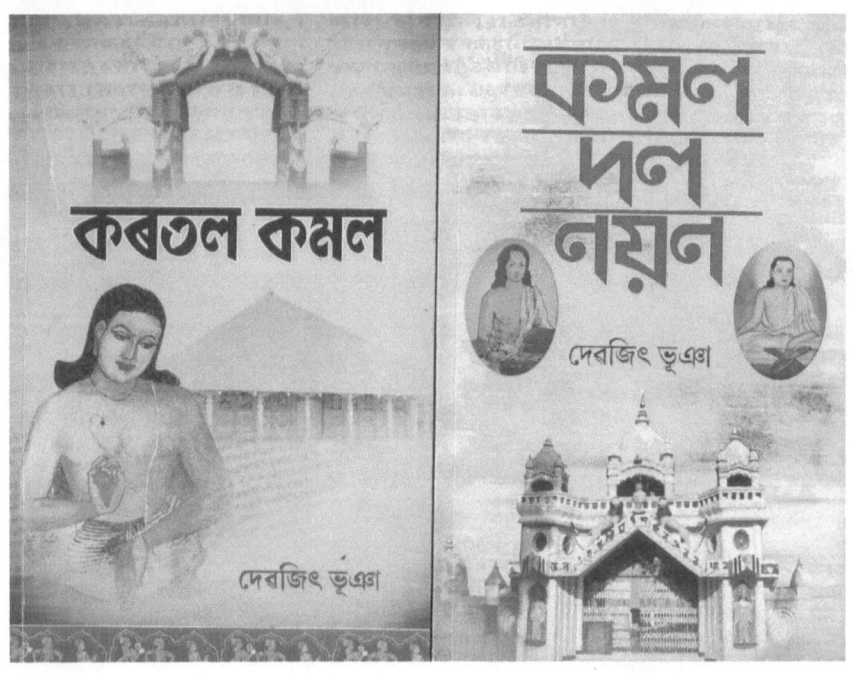

風

アッサムでは、2月になると風が速くなる。
どの家も道も埃と枯れ葉でいっぱいになる。
冬が去り、天候は乾燥する。
憐れな鳥たち、落ち葉が風に乗って飛んでいた
風速が上がると、大きな木も倒れる
乾燥した葉で、アッサムの野原は茶色に見える。

天然ハーブ

ハーブは人体の免疫力を向上させる
病気と闘い、健康的な生活を送るのに適している。
しかし、万病に効くと信じてはいけない
ハーブはウイルスやバクテリアの解毒剤ではない
肺炎を治せるのは抗生物質だけ
しかし、ハーブを食べることはウイルスとの戦いに役立つ
ハーブは健康のためのサプリメントとしてのみ摂取する。
病気と闘うために、健康であることは富である。

心の恐怖

怖がることはない
恐怖は危険で有害なもの
心の恐怖は身体で表現される
そして、レースが始まる前に敗北する
恐怖のあまり、幽霊や目に見えない生き物を見る。
そして、戦わずして戦場から逃げ出す
これは卑怯であり、非倫理的であり、正しくないことだ。
恐怖があれば、人は成功できない
恐れを克服すれば、チャンスはいくらでもある
勇気があれば、全世界があなたとともにある
勝った者は、墓場に行っても記憶される。

木の恐怖

森の木々はノコギリの音を恐れる
電動ノコギリによる森林破壊が急速に進んだ。
昔々、人間は木を切るのに多くの労力を必要とした。
しかし、今では機械化された鋸を使えば、ボディーにトラブルはない
その結果、熱帯雨林は破壊された。
地球温暖化は気候の変化を余儀なくさせた
氷河が溶け、洪水が大混乱を引き起こしている
かつて手ノコギリは人間と文明の友だった
生物多様性と生態系を破壊している。

政党交代の政治（インド）

選挙の時期こそ、所属政党を変える絶好の機会である
しかし、政党の変更は国民の問題解決のためではない
権力欲のために、リーダーとフォロワーは政党を変える
金、酒、富、女が大きな動機になる
なぜ指導者は有権者を欺くのか？
政治家にとって、人々に奉仕することは常に二の次である
賽銭箱をできるだけいっぱいにすることが第一である。
リーダーにとって重要なのは権力、権威、金
なぜなら、有権者のほとんどが無知だからである。
選挙の時期は、天気予報と変化する側にとって最高の時期だ。

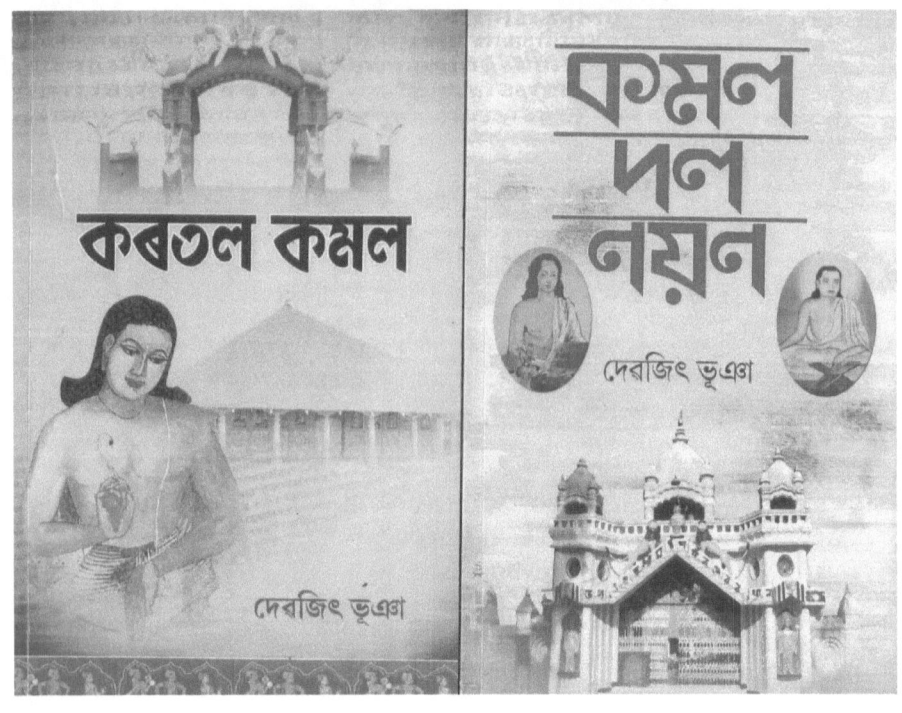

新色

色とりどりの花が咲く
アッサムに春が来た
舞踊の祭典、ビーフーの季節
太鼓の音（ドゥールペパ）が真夜中の静寂を破る
ピーパルの木の下で、ラブラブな鳥たちが喜びを分かち合う。
人種、カースト、信条、宗教の違いによる憎しみ、争い、分断はない。
社会的な分け隔てなく、誰もが祝祭ムードに包まれている。
新しい服を着て、子供やティーンエイジャーが遊び、ジャンプする。
グランドマザーもダンスに積極的に参加している
カジランガでも、子ライノは太鼓の音を聞きながらあちこちを走り回る。

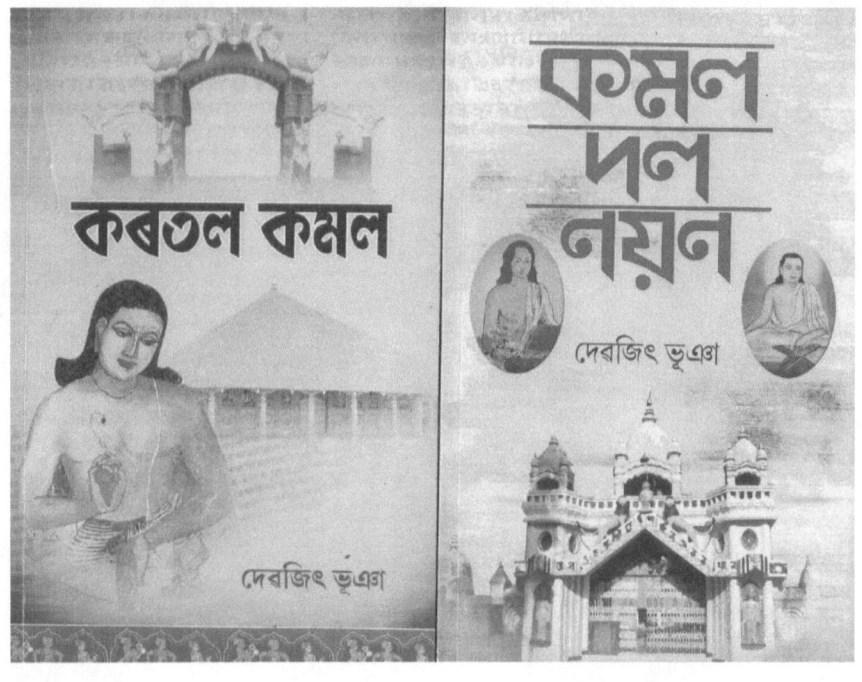

来世での出会い

死後、別の世界に生命が存在するかどうかは誰にもわからない
不滅の魂の存在は、現実ではなく神話かもしれない
だから、誰かを愛するために来世を待つ必要はない。
この人生そのものを愛し、愛の美を楽しむ
次の想像上の人生のために何も保留にしない
向こう側に命があれば、喜びも愛も倍増する
確かに、パラレルワールドによって、人生の定義は広くなるだろう。
それでも、今日も虹色の愛と人生の美しさを楽しもう
明日、来年、来世が来るかもしれないし、来ないかもしれない。

いじめ

友人や他人をいじめない
それは敵意と争いをもたらす
愛と関係は永遠に消える
乱暴な性格のため、人々はあなたを避けるだろう
進歩も心の平穏も、いじめとともに消え去る
いじめよりも、寛容と泣きの方がいい
神はあなたの涙を拭うために誰かを遣わされる。

司祭

近頃は神父でさえも正直で倫理的ではない
彼らは決して真実と誠実さの道を歩まない
神父は宗教の名の下に人々を欺いている
宗教改革と善良な人々の参入が解決策となる
神父は人々を分裂させ、互いに争うよう扇動する
汝の人々は彼らを救世主、名付け親として信頼する
中間業者が真の宗教の教えを破壊している
なぜなら、彼らの収益向上に役立つからである。
神父は宗教をカモフラージュし、汚した
ワインと富と女でパーティーを祝う
イエスの教えは今も有効でシンプルだ
宗教の世界では、仲介者はトラブルを引き起こすだけだ。

太陽が昇る

人々が何千人も行進するたびに
行進の音は韻を踏んでいるように聞こえる
指導者たちは自らの利益のために新政党を結成した
権力は偽りの約束をした投票によって獲得される
しかし、大衆の問題は変わらなかった。
大衆扇動と動員は常に政治ゲームである
指導者たちは、名声を得れば支配者になれることをよく知っている。
リーダーが現れ、リーダーが去っていく。
権力はあるグループから別のグループへと循環する
それでも貧しい人々は貧しいままで、いつも問題を抱えていた。

バーラタ、急げ

急げ、急げ
道路で滑らない
木の下で転ばないように
ミツバチがたくさん飛んでいる
大きな木は木のための巣
都会では見かけない
人々は家を建てるために木を切り倒した
都市はコンクリートと汚染と車のジャングルである。
汚染からミツバチはいつも遠く離れている
文明には都市しかない
だから、そこに落ち着くために、誰もが急いでいる。

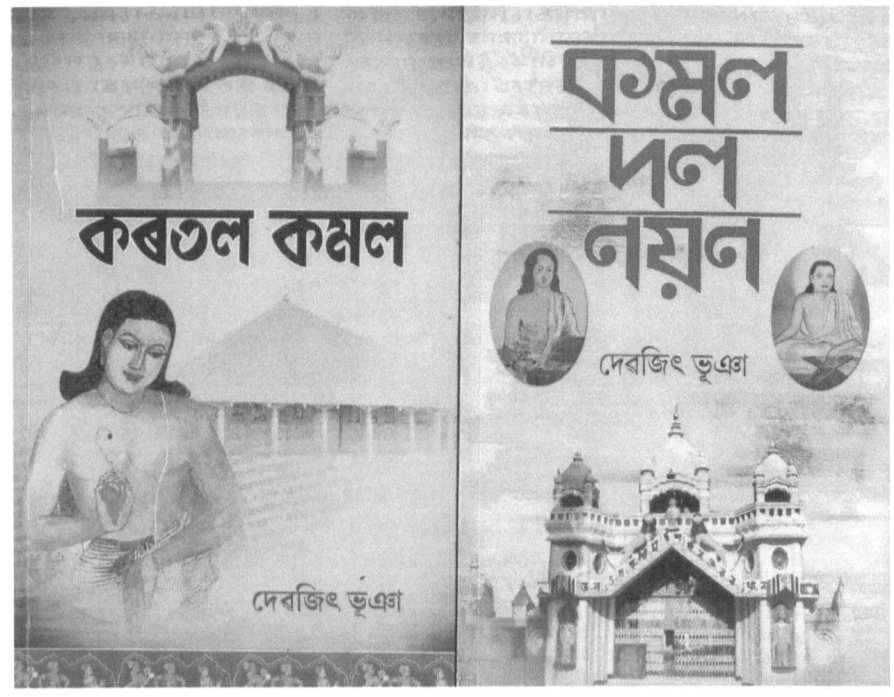

すべてを愛する

すべてを愛し、すべてを愛し、すべてを愛する
金銭欲の中に憎しみはない
この世界では、愛は実際の蜂蜜である
愛があれば人生はうまくいく
世界は天国のようになる
お金と富は時間とともに朽ちるかもしれない
しかし、死ぬまで無条件の愛が流れ続ける。
葉の上の水滴のように、あなたは輝くだろう
出発の瞬間、お金は泣かない
あなたを愛した人は、涙とともに別れを告げるだろう。

トム、君は仕事を始めるんだ

トム、君は仕事を始めて、自分のことに集中するんだ
誰もいつまでもタダ飯を食べさせてはくれない
ノコギリとハンマーを手に
この世にチャンスはいくらでもある
他州の人々がアッサムで大金を稼いでいる
しかし、あなたは、私の国には機会がないと言う。
パソコン、ペン、本を手に、あるいは木を植える。
いつか、その木々はあなたに果実を与え、人生は自由な緊張を与えるだろう。

死亡時

最終出発時
お金はあなたの伴侶ではない
あなたの美しい家は、あなたには伴わない
集めた愛用品は散らばったまま
死後、あの世には現世のものは何もない
肉と骨の死体は墓の下にある
もしあなたが生きている間に、誰かの不幸な日々を助けたことがないのなら
あなたの墓には、あなたの死後、誰も花を供えない。
生きている間は、慈悲深く、寛大で、他人を助けること。
苦しみや悩みを抱えた人々を愛する
死後も記憶は進行する。

家スズメ

あなたの家の近くに住む小鳥が大好き
古くからの人間の仲間
ホモ・サピエンスの進歩史の一部
万年の長旅の間、人間を見捨てたことはない
しかし今、彼らは都市でも村でも危険にさらされている。
コンクリートジャングルが生息地を破壊
この小さな鳥を愛し、絶滅から救う。
そうでなければ、人類は飛行仲間を一人失うことになる。

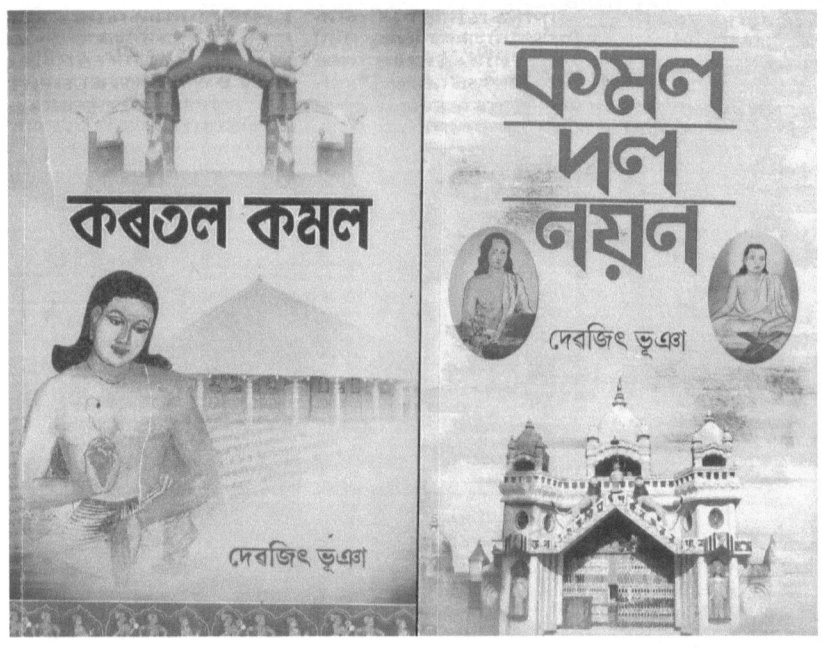

お金のきらめき

数百万人が飢餓状態にある
しかし、食材の浪費は続いている
金持ちは金の力でもっと浪費する
贅沢と趣味のために、彼らはより多くの炭素を排出している。
ハングリーププア（飢えた貧困層）は、ゼロカーボン解決にどう貢献するのか？
先進国の大都市は、貧しい国よりも多くの炭素を排出している
炭素排出に対する公平な手当が唯一の解決策
まもなく気候変動と地球温暖化で死者が出る
大金持ちも犠牲となり、転落する。

働く準備ができていること

たとえ心から神に祈ったとしても
神も誰も、あなたの仕事をしに来てはくれない
祈りだけで十分だという誤解はあきらめなさい
自分の仕事を自分でこなし、効率化する準備をする
必要であれば、誰かを待つのではなく、自分で道路や橋を作ろう。
川や海を泳いで渡り、神がボートを送ってくださるのを待つ必要はない。
ひとたびやり始めれば、人々は参加し、助けの手は後からついてくる
チームが成長し、あなたがリーダーになる
しかし、仕事をしなければ、誰も帽子も羽も与えてはくれない。

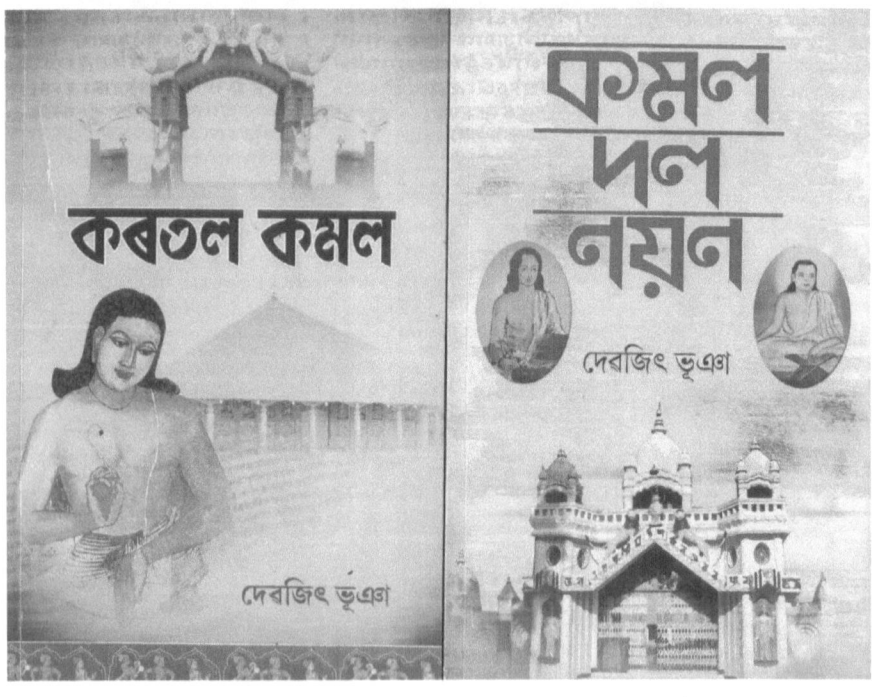

成功した人生

金の力だけでは人生は成功しない
祈りだけでは人生は成功しない
努力だけでは成功は得られない
人間関係だけでは人生は成功しない
あなたの著作によって人生が成功することもないだろう
子孫を増やしても人生は成功しない
愛の道を粘り強く歩むことで、人生は成功する
そして人類と人間に対する寛大な仕事。

ゴールデン・アッサム

アッサムは輝く黄金のようだ
毎日繰り広げられる自然の美しさ
しかし、アッサムは後進国であり、発展途上国である。
夏のアッサムは水没する
何百年もの間、人々はそれについて議論してきた。
しかし、洪水の問題はまだ解決していない
腐敗した人々が公金を吸い上げた
庶民の旅はまだ退屈なままだった
若い世代よ、団結して前へ進め
汚職政治家を処罰し、アッサムに褒美を与えよう。

キャンドル

キャンドルが墓を明るく照らす
燃えている間、死者の思い出を与えてくれる
人々は年に一度、病人を思い出した
キャンドルの光で全能の神に祈る
墓は単に死体を捨てる場所ではない
敵も味方も、すべての人が最終的にたどり着く場所だ
キャンドルの光は、生きている間に皆を啓発するはずだ
ロウソクに火を灯しながら、最終目的地を常に思い出す。

アワド王国

かつてインドに栄華を誇った王国
すべての王の主 ラーマは法の支配を確立した
犯罪なし、恐怖なし、反対意見の弾圧なし
シータとラクシュマナも追放された。
アワドの生活は純粋でシンプルだった。
しかし、繁栄していた王国は変化に耐えることができなかった。
今、歴史と朽ち果てたモニュメントだけが残っている
新しいラーマ寺院によって、失われた栄光が再びよみがえった。

ベルベット

ベルベットの手触りはとても優しく柔らかい。
まるで自然から生まれた綿の柔らかな統合のように
異なる色でゴージャスで魅力的に見える
かつて服の女王と言われたベルベットの服
色あせてはいるが、ベルベットの栄光はまだある。
今でもベルベットの魅力には抗えない。

月

月は公転軌道上に頻繁に現れたり消えたりする
夜明けに月が消えると、鳥たちは歌い始める
人々は月の回転を見ながら宗教的な断食をする
かつて神と考えられていたその地表に、はるか昔、人間が降り立った。
今、人々はテクノロジーを駆使して月の植民地化を目指している
月は衛星として誕生して以来、地球に影響を与えてきた
満潮、干潮は月の引力の影響である。
まもなく人類のコロニーが月に誕生し、国家間の争いが起こるだろう
月に生命が存在したという神話は、違う形で起こっている
しかし、現在の月のような自然を破壊することは危険かもしれない。
月がなければ、地球の気候は生命に適していない。

ウサギ

罪のないウサギに優しく
彼らは十分に強くない
すべての動物は彼らを殺したがっている
しかし、白い毛皮はジャングルの美しさである。
楽しくて楽しくて、あちこち歩き回る
いかなる理由があっても、人に危害を加えない
しかし、そのおいしい肉が敵を呼び寄せる
人間も遊びや毛皮のために殺す
刑務所での生活を余儀なくされることもある
彼らは人間が押し付けた理性を好まない
人間が自然生息地を破壊した
今、彼らを救うことはささやかな賛辞となるだろう。

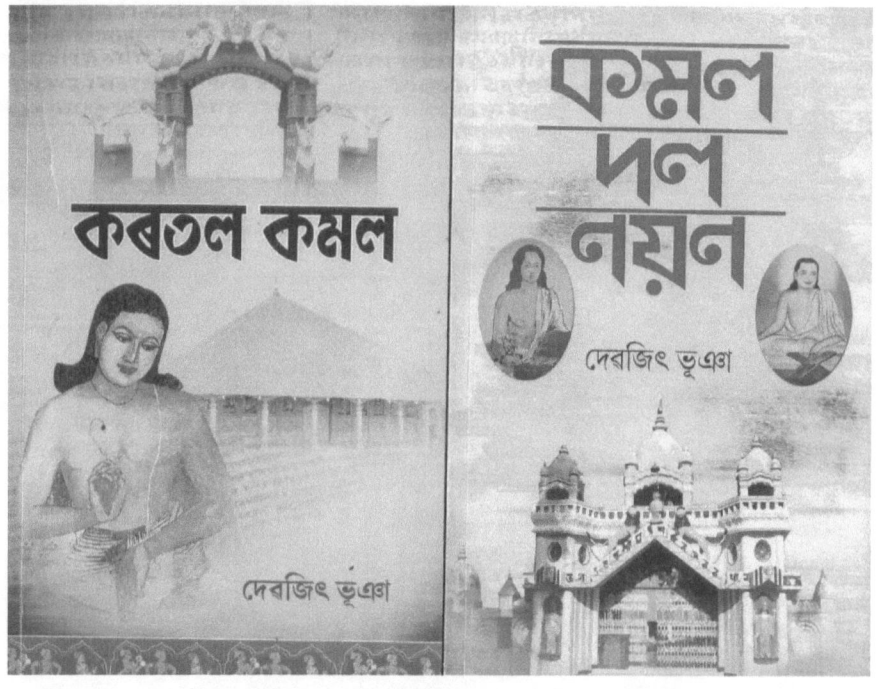

クオレル

小さな子供よ、けんかはやめなさい。
怒りが爆発し、何週間もプレーできなくなる。
怒りは楽しいプレーの妨げになる
怒りとけんかを瓶に閉じ込める
サンカルデーヴァの地では、喧嘩は許されない。
互いに愛し合い、友人と楽しく遊ぶ
年を取れば、喧嘩をしなくなる。
社会は理性的で、暴力のないものになる。

サイ、生き残りをかけた反撃

サイよ、密猟者を恐れるな
ホルンの強さを思い知れ
生き残りをかけた人間との戦い
鹿や象を道連れに
キングコブラとも仲良くする
みんなでカジランガの救世主になる
カジランガは太古の昔からあなたの土地です
イーグルと野生のバッファローもチームに加わる。
一匹で寝ているニシキヘビのようにならないように。
君はカジンガの動物たちのリーダーだ、反撃せよ
いつの日か、良識が人間に勝つ日が来るだろう
すべての動物との生存競争に勝つのだ。

川の波

川のさざ波が波になることもある
水は洪水として平野部に急速に流れ込む
ジグザグが川の流れになる
道路、家屋、作物、すべてが水没
泥と砂の層が家屋を破壊する
しかし、洪水の後、緑の草は再び生い茂る
まるで草原が若返りを求めて洪水を招いているかのように。

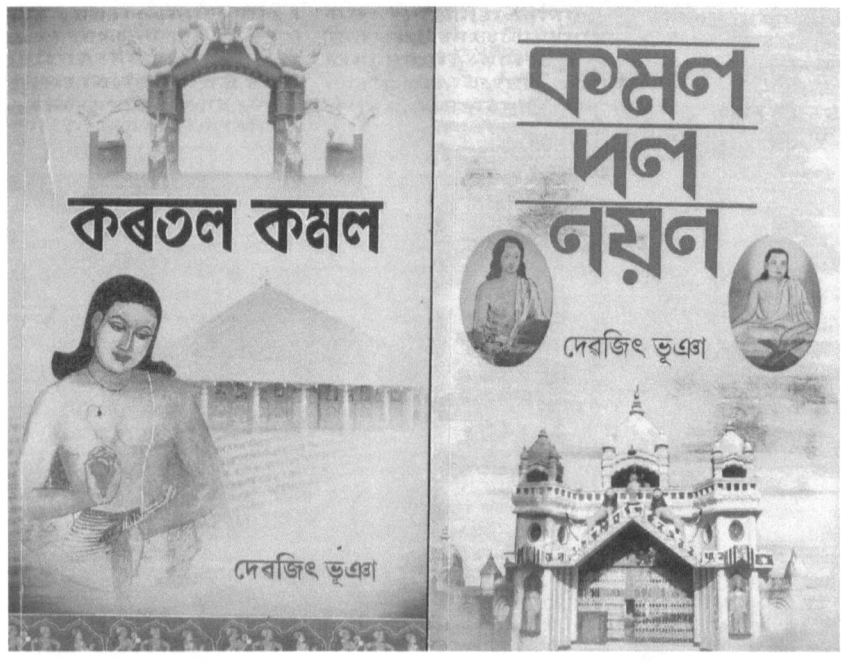

モスキート

閉鎖性水域生まれ
小さなミツバチのような音
常に人の血に貪欲
人生は数日と短いけれど
夏は野草のような品種が育つ
人間に熱病やその他の病気をもたらす
アッサム州グワハティ市は蚊のメッカである。

占星術師

占星術師は神の代理ではない
ほとんどの場合、彼らの予測は外れる
占星術師のいわゆる計算は詐欺である
人々を欺き、自分の利益のために金を稼ぐ。
しかし、庶民は古くからある盲目的な信仰を信じている。
より多くの資金があれば、彼らは甘い言葉を口にし、より良い予測をする。
しかし、資金がなければ、多くの制限を課すことになる。

60 歳

60 歳になったら、20 歳の時のようには走れない。
体が弱くなり、骨がもろくなる。
骨の亀裂や損傷がすぐに治らない
あなたの心は若者や 10 代のように若いかもしれないが
しかし、ある程度仕事をすると、体は休息を求めるようになる
学生時代のように速く走れないことを受け入れる
保険料を上乗せしても、保険会社は消極的だ。
60 歳を過ぎたら、健康と心臓に気をつけよう
運動もせず、早足で歩けば錆びる。

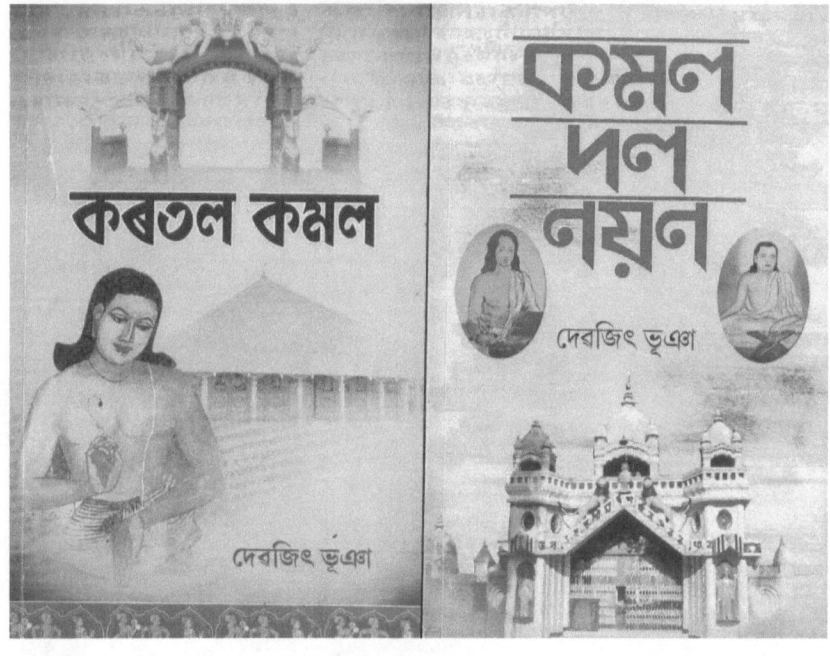

腐らない母

人は来るし、人は去る
マインドは刻々と変化する
時々、人々は賞賛する。
時に人々は拒否する
時に人々は無関心になる
しかし、丘や山のように
母はいつもあなたとともにいる
子供たちへの愛情は疑う余地がない
だから進化は進む
そして、人類の文明は延々と続いている。

愛するアッサム

アッサムは私たちの愛する場所
海外にいても、私たちはいつも覚えている
私たちは毎日、帰国することを考えている。
ここの果物は多様でジューシーだ
適度な気候は良すぎる
ユニークな生物多様性を持つ水稲品種
一角サイと動物が繁栄をもたらす
人々は単純で、富に貪欲ではない
祖国アッサムこそが我々の真の強さだ。

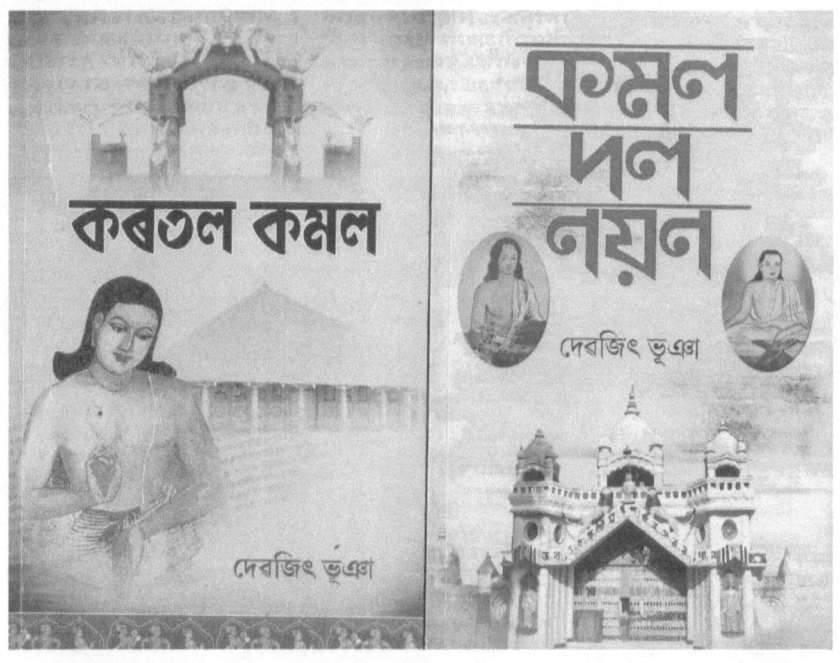

愛のバーム

バームは翅虫のかゆみを癒す
私たちはさまざまな苦しみを取り除くためにバームを飲む。
しかし、精神的な痛みには、愛が唯一の癒しである。
誰かの心の痛みを愛とケアで癒す
自分の心に喜びを与える
迷信は心身の病気を癒すことはできない
サイの角や虎の歯には魔法の治癒力はない
彼らは無邪気で美しい生き物だ
癒しのためにサイを殺すのは狂気でしかない
神のすべての被造物を親切に愛しなさい。

自宅と家族の情報

多くの人々が悲しみ、落ち込んだままである。
最近の国内情勢は良くはないし、単純でもない。
ホーム・スイート・ワンを作るには人間関係は複雑すぎる
私たちの家庭が良好な状態でなく、調和がとれていないとき
都会と田舎の調和をどう考えればいいのか。
良好な家庭環境のために誰もが努力しなければならない
家庭内のエゴや偽りの優越コンプレックスを捨てる
家庭を変えるには、愛、情熱、そして手放すこと。
ホームフロントが正しい軌道に乗れば、国家も揺れる。

お金は努力によって得られる

お金は野にも木にも生えない
しかし、栽培は資金を生み出すことができる。
借りた金は返さなければならない
それはあなたの稼いだお金ではない
懸命に働いて稼いだお金は蜜にすぎない
お金がどのようにやってくるかを考えて時間を無駄にしない
正しい道を歩めば、お金はどこにでもある
しかし、お金を集めるにも、懸命に働かなければならない。
お金への道は常に障害と棘に満ちている
時間はお金であり、お金を得るためには時間が必要なのだ。

ザ・ブル

牛は人間のために耕し始め、文明は変わった。
しかし、雄牛は耕作の最小限のシェアしか取らない。
しかし、人間より知能が低いことによる不平や恨みはない。
祭りの間、人々は肉を食べるために雄牛を屠殺した。
雄牛は小さく無力な神の子供たちである
倫理的な治療を施して何が悪いのか？
人類の文明の進歩において、彼らの貢献は計り知れない。

怒り

怒りは最大の敵
怒りにまかせて、人は親しい人を殺す
家族、国が破壊される
その場の勢いで大事件が起こる
苦しみは一生続く
毎日、一瞬一瞬、怒りをコントロールする
その恩恵は計り知れず、計り知れない。
あなたはすべての人を愛し始め、すべての人があなたを愛するようになる
何千もの花が虹とともに咲く。

ブロー・ホット・ブロー・コールド

時には熱く、時には冷たく。
人生で成功するために、これは重要なルールである。
熱くなりすぎると、目的が果たせなくなる
あまりに冷たくなりすぎると、人はつけあがる。
話すときは礼儀正しく、必要であれば厳しいことも言う。
どんな状況でも、手に負えなくなったり、乱暴になったりする必要はない。
自分のミスや落ち度があっても、決して怒らないこと。
そうしないと、まるで虎の威を借るかのように、人々はあなたを追い詰めるだろう
状況や状況に応じて対応することは、人生にとって良いことである。
常に叱ることを忘れずに、正しいのは妻に対してだけだ。

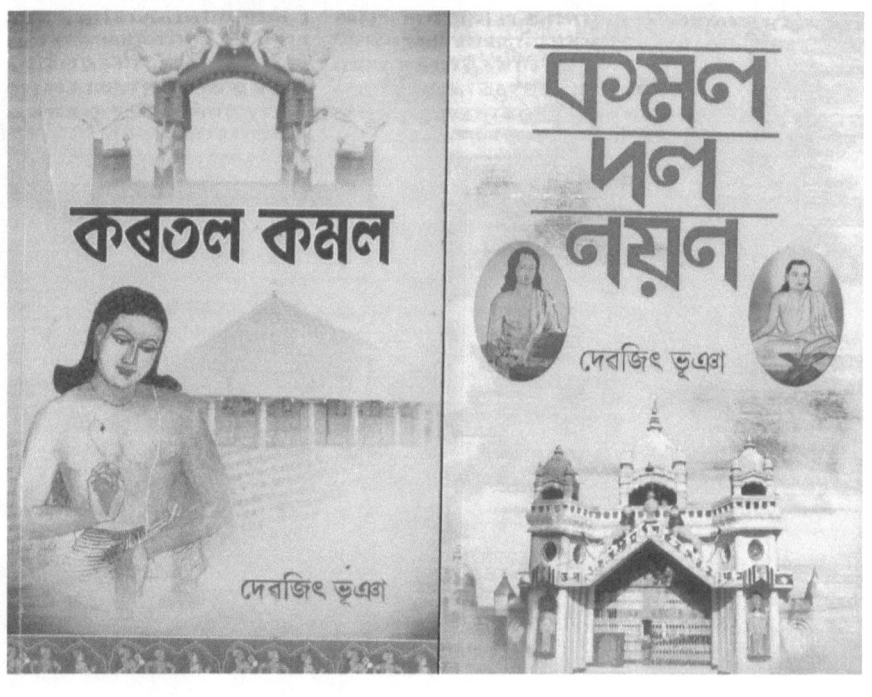

ホーティー・トゥーティー

エゴに溺れない
あなたの傲慢な態度はすぐに知られることになる
人々の愛は氷のように溶けていく
理性的で、礼儀正しく振る舞う方がいい。
高慢な態度があなたを押し下げる
苦労して手に入れた栄冠も、人に奪われる
高慢な態度は、あなたの好意に墓穴を掘る
気取った身のこなしは、あなたを坂の上から突き落とすだろう。

新年の愛と愛情

今年もよろしくお願いします。
これで虹の7色を手に入れよう
木々の色が変わった
ビーフー祭では、人々は新しい服を購入する
誰もがそれぞれの色で祭りを楽しんでいる
雄牛も雌牛も新しいロープでつながれている。
より良い未来のために、神を拒否する人もいる
新年は憎しみ、嫉妬、エゴを捨てる
ピーパルの木の下で、太鼓の音（ドール）
若いダンサーたちは陽気で明るい
ビーフー祭期間中、アッサムは明るいムードに包まれる
ジャングルのサイや鳥たちも楽しそうに踊っている。
アッサムの雰囲気はお祭り騒ぎで、陽気で楽しい。

3月から4月にかけてのアッサムの天候

天気は快適で美しくなる
青い空に白い雲が飛ぶ
道路を走る車は速い
多忙のため、パワンは自宅を訪問できず
パワン不在のため、イコンの心は暗い
彼女は咲き誇るクレープジャスミンの木の方を見る。
太鼓の音を聞くと、彼女の心は明るくなる。
彼女は友人たちとビーフー競技場まで走る。
ピーペルの木の下で、みんなで踊った。
ビーフーはアッサム文化の生命線
3月から4月にかけては好天に恵まれる。

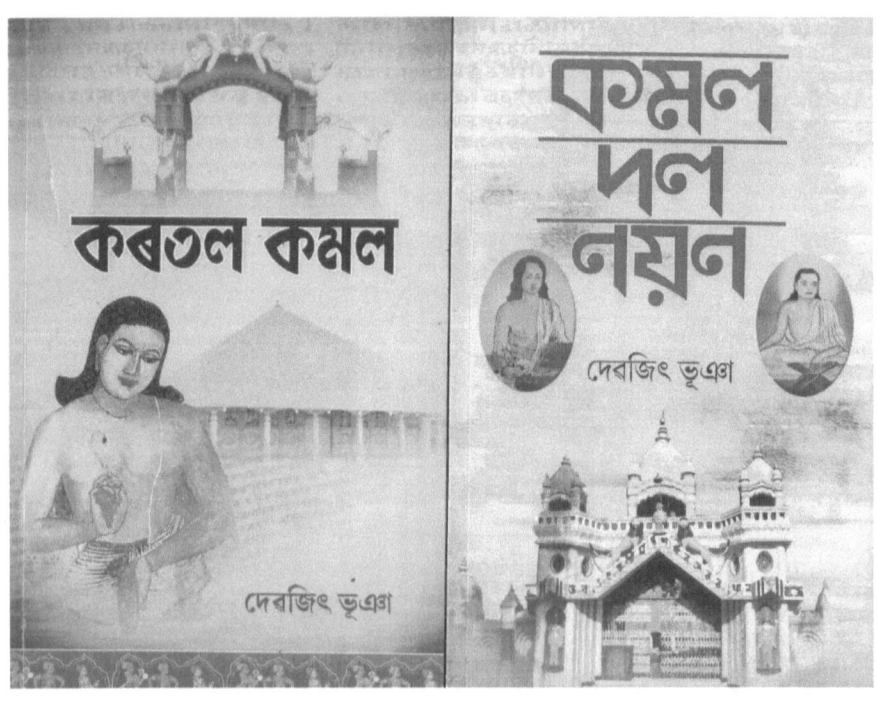

4月の恋

4月、華やかなムードに包まれる。
高価なドレスや装飾品を贈ることはできない。
私のポケットはお金でいっぱいではない
しかし、私の心は愛と愛情だ。
金銭欲の道は棘だらけ
しかし、愛の道には無限の香りがある。
4月は、お金持ちへの高価なプレゼントを買う月である。
私にとっては、兄弟愛と愛を広める月である。
高価なワインを贈ることはできないかもしれない。
でも、ハグをしてくれるあなたのもとへ、私の心は自由だ。
私にとって、あなたの幸せそうな顔ほど大切で高価な贈り物はない。
ひとたびあなたが私を抱きしめ、喜びで微笑めば、全世界は私のもの。

奇妙な世界

これは奇妙な世界だ
金持ちは金持ちすぎる、貧乏人は手から口へ
東に何もなく、寝る家もない
貧しい人々の不幸を気にする者はいない。
高級車が美容院近くに停車
身だしなみやヘアカラーに数千ドルを費やす
しかし、道ばたに座っている乞食には一銭の余裕もない。
これは本当に不思議な動物人間至上主義の世界である。
人々は毎瞬、不条理なことに忙殺されている。
この世界では、正直さで生計を立てることは非常に難しい。
しかし、100万ドルは詐欺や人々を欺くことによってもたらされる。
しかし、より良い世界のためには、誠実さ、正直さは単純なルールである。

母の愛

母よ、母よ、最愛の母よ
母親、愛情深い母親
天国もまた、母とは同等ではない
愛は川のように流れる
母の愛ほど純粋な愛はない
彼女は子供たちの間違いを言い訳にする
病気で疲れていても面倒を見る
苦難のとき、誰もが彼女の腕を拒否する
彼女のタッチとキスは最高の痛み止め
母親をないがしろにしたり、精神的苦痛を与えてはならない
彼女は人類と兄弟愛をつなぐ存在
過去、現在、未来は母の胎内を流れる
母がいなければ、時間も文明も大きな雷とともに止まってしまう
。

クラウド

Aリンゴ、Bボール、C気候を教える
気候は急速に変化している
月の大雨
時ならぬ雨でお祭りは台無し
砂漠でも大雨が大混乱を引き起こした
しかし、気候変動に関しては、人々は鈍感だ
クラウドバーストが頻発
丘と計画に不幸をもたらす
砂漠、丘陵地帯、平原 気候変動から免れるものはない
モンスーンの方向が不規則に
肥沃な土地は旱魃と痛みに苦しんでいる。
気候変動を食い止めることは、今や主要なビジョンであるべきだ
。

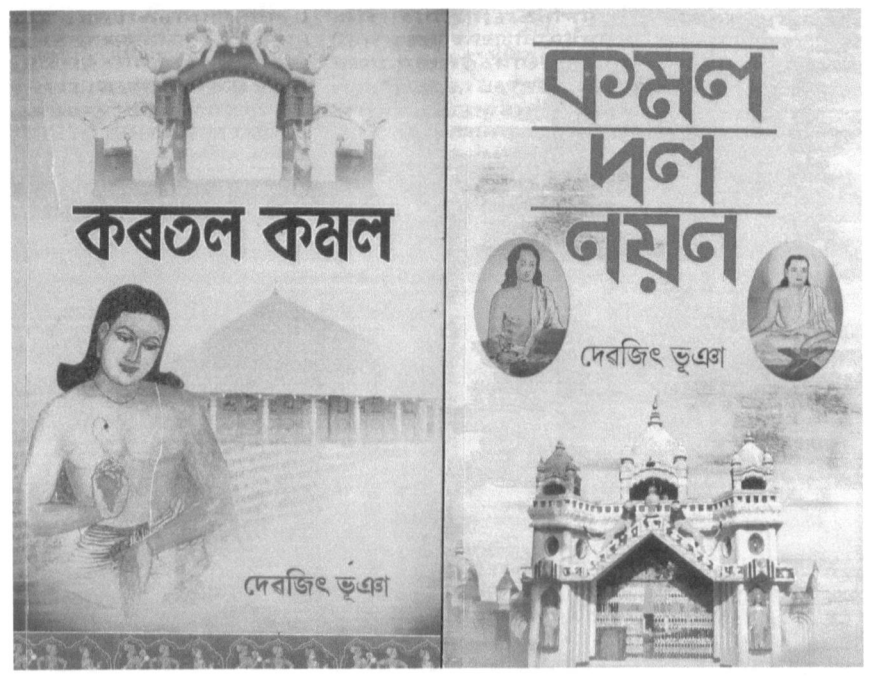

誤用

母なる地球の資源は減少している
しかし、ホモ・サピエンスの人口は増加している。
水を間違えるな、エネルギーを間違えるな
服の使い方を間違えるな、お金の使い方を間違えるな
ペン、鉛筆、紙、プラスチックを誤用しない
砂糖、塩、そして一粒さえも誤用してはいけない
時間を間違えて電車に乗り遅れないように
何百万人もの人々がまだ空腹で眠っている
無駄を省き、1日2回食事を与えることができる。
神にとって、物の誤用を減らすことは真の祈りとなり得る。

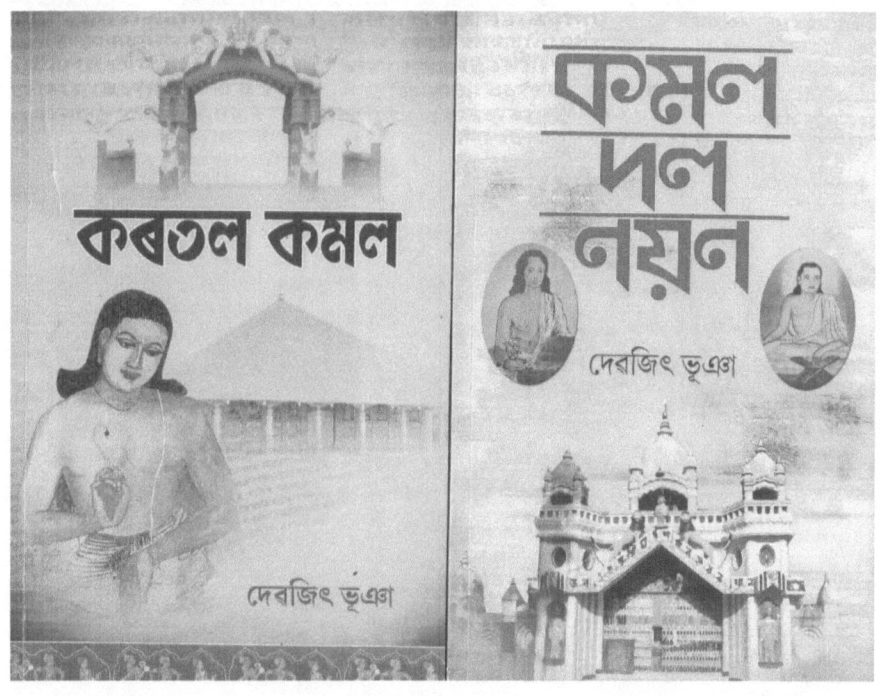

昔々

昔々、アッサムは資源に溢れていた
小さな町や村での限られた居住
裏庭の庭には、果実のなる木がたくさんあった。
家庭菜園は緑の葉野菜でいっぱいだった
池には様々な固有種の魚が泳いでいる。
突然、近隣の人口大国から人々が移住してきた。
彼らは牛の放牧地を無償で占有し始めた。
先住民族と移民の間で始まった紛争
その火種となったのが、ネリエによる移民の大虐殺だった。
ネリーは平和なアッサムの歴史に残る恐怖の存在
政治はサンカルデーヴァの寛容に関する基本的な教えを台無しにした。

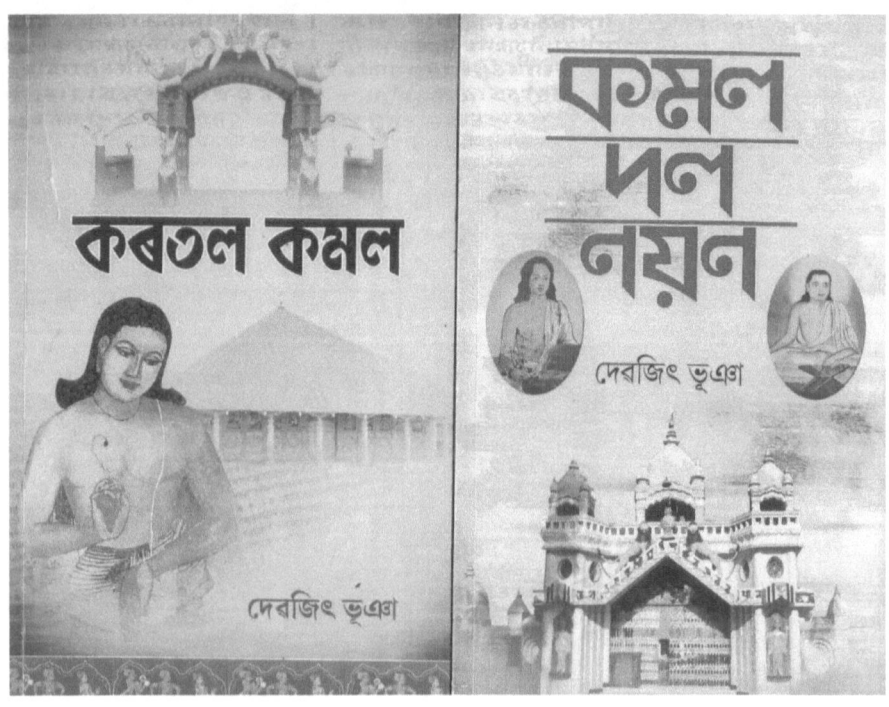

価値のない愛

愛は価値のないマーケティング商品となった
お金を配れば、人々に愛され、賞賛される
お金があれば、愛と笑顔があふれる
しかし、高騰するのは日々の出費とフェスティバルの費用だ。
ひとたび寛大であることをやめれば、愛の川は涸れるだろう
交友関係も人間関係も、一人では泣くしかない
誰も、あなたが彼らのためにした愛と配慮を覚えてはいない。
黄金の卵を産み続ける鶏のために一度立ち止まると
一人で世界を旅し、未知の人々と出会う方がいい。
お金をかけずにハートを射止められるかもしれない。
その未知の友人の愛は、蜂蜜のように一生残る。

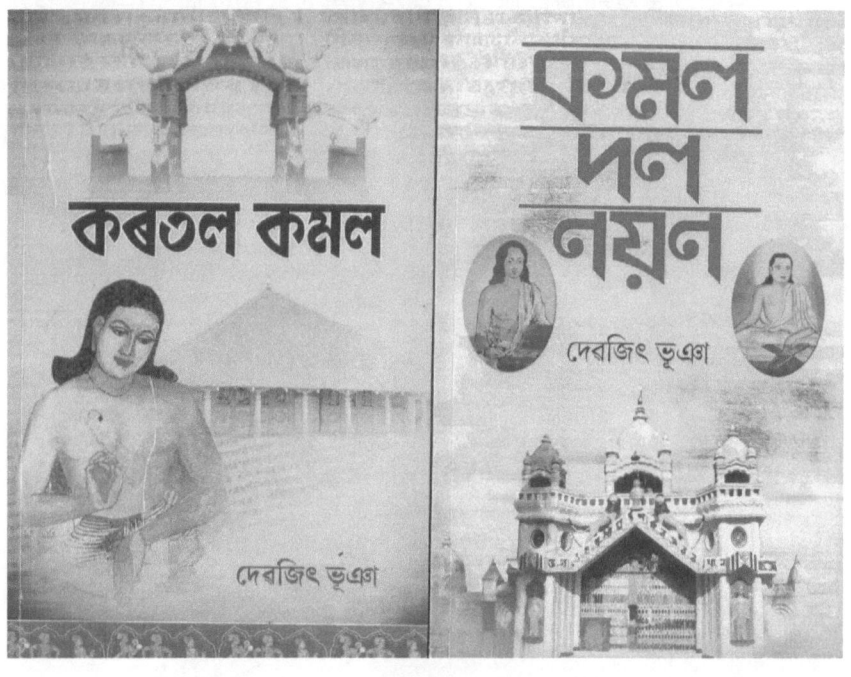

アホムの 600 年にわたる継続支配

アホム族はビルマ（現在のミャンマー）からアッサムにやってきた。
そして、小さな王を倒してアホム王国を建国した。
彼らはアッサムを 600 年間も支配した。
すべての小民族を統合し、より大きなアッサムを作る
農業、貿易、宮殿建設で栄えた地域
アッサムの豊かさを知っていたモグフルは、17 回もアッサムを攻撃した。
しかし、アホム王国を征服することはできなかった。
その後、アホム族の王子たちの間で内紛が起こり、王国は滅亡した。
アッサム地方を短期間占領したビルマ軍を英国は簡単に撃破した。
アホム王国の歴史と栄光は永遠に消滅した。

私は成功する

私は孤島の利己的な人間ではない。
人と社会がなければ、私の立場はない
だから私は常にダイナミックであり、決して静的ではないのだ。
人々の力で、私は恐れを知らない
私たちは山を壊し、新しい川を掘ることができる
人と一緒なら、私は鷲のように空を飛ぶことができる。
私は空に浮かぶ満月のように輝くことができる
だから、私は正直で、部下に献身している。
私はいつも一緒に共同生活を送っている。
チームワークと協力が私の進歩の道
だから私は、私とチームの成功を確信している。

バーン・フラワー・ツリー

カダム（燃える花）の木の上に、ワシは巣を作る。
その下で、象は楽しそうに遊び、休息をとる。
母象は近くのバナナの木を見ている。
子牛は小さなバナナの苗を自由に走らせたいと願っている。
シマル（bombax-ceiba）から飛んできた小さな綿花はほとんどなかった。
子牛は同じようにジャンプしてキャッチし、その後ろを走り始めた。
太鼓の音を聞いて、母親は用心深くなった。
ジャングルへ移動し、ゾウの実を楽しんだ。
そこでも、飛んでいる綿が白い色で彼らを出迎えた。
自然がすべての生き物と楽しむ時間だ。

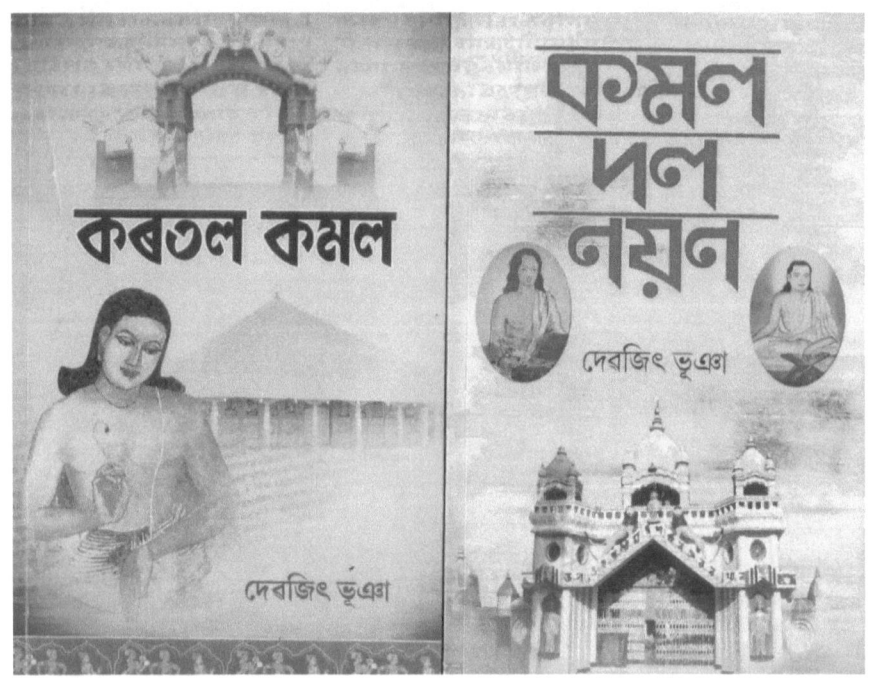

アラブの人々

アラビア海は広く大きい
しかし、心の狭い人々はいつも戦っている
アラブ諸国は一年中暑すぎる
これが、アラブの人々が常に戦ってきた理由かもしれない。
ハザラットは地域に平和をもたらすために新しい宗教を導入した
当初、彼は反逆罪だと考える人々に押された。
後にムハンマドの宗教は急速に発展したが
アラブの平和は永久に失われた
解決策が見つからないまま、この地域ではいまだに戦争が続いている。
アラブの人々は、女性の解放とともに近代的な考え方を必要としている。

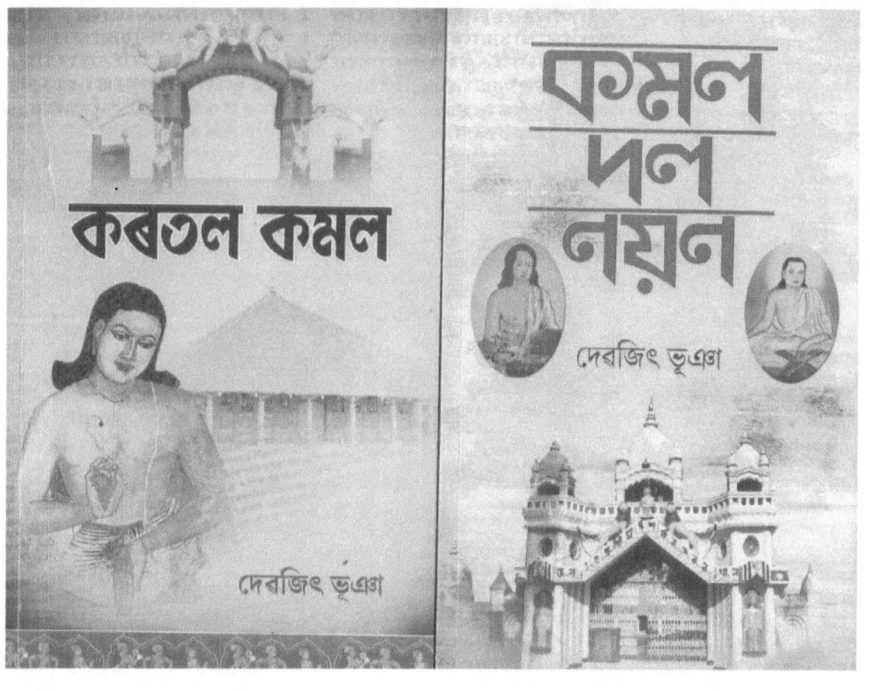

ジャングル

ジャングルと森は動物が管理すべき
ホモ・サピエンスと呼ばれる、いわゆる知的な人々によってではない
この世界は単一種のものではない
すべての種には、この惑星で生き、生き残る権利がある
我々は知的かもしれないが、地球を破壊する権利はない
人類が生き残るためには、生態系のバランスも重要である。
ジャングルの動物たちの書き込みは、環境を持続可能なものにするかもしれない。

カダー

手作りのカディ布を奨励
肌にもインド経済にも良い
かつて都市では、カーディは軽視されていた。
しかし今、人々はその価値に気づいている
ガンジーはチャルカ（紡ぎ車）を通じてカーディーを広めた。
カディはインドの農村経済の発展に貢献した
何千人もの農村の人々が、キャッシュフローに困っていた。
Khadiは村の女性に力を与えた
しかし、紡績工場とポリエステルはカディに大きな打撃を与えた。
今、カディは徐々に人気が出てきている
独立の歴史において、カディは常に忘れ去られることはないだろう。

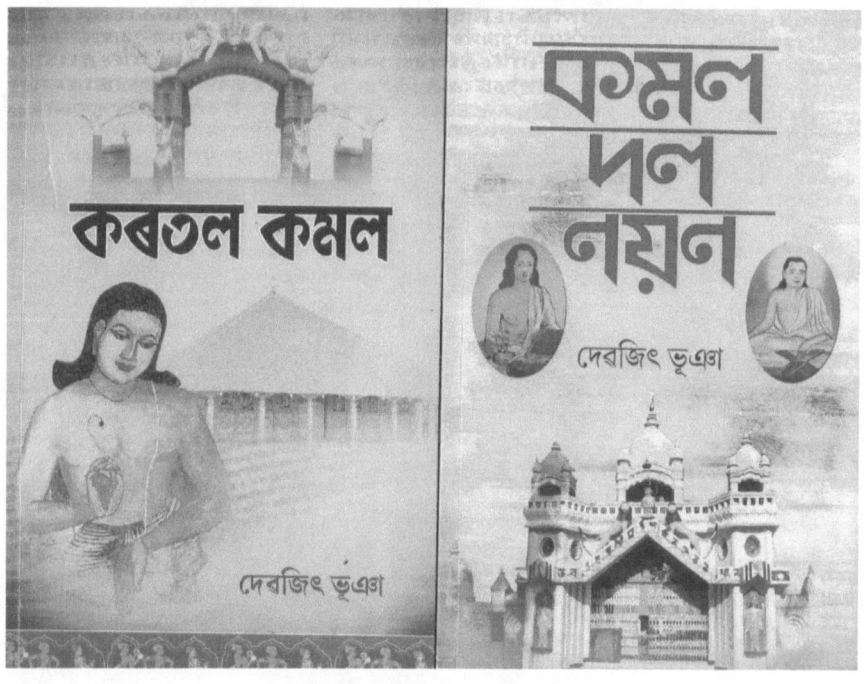

アッサムの香水(沈香オイル)

アッサムの香水はアラブで大人気
この品種の寒天は、世界のどこでも生産されていない。
アジュマルがアラビア、ヨーロッパ、アメリカでブランド化
バングラデシュやオーストラリアでも人気がある。
アッサムのジャングルには沈香の木が生えている。
特定の昆虫が繁殖している場合、寒天オイルの流れは
寒天の香りは独特で、イスラム教徒の間で人気がある。
その近くにある人工的な香水はすべて、背が低くてスリムだ。

洪水

汝の大河よ、汝の浅き河よ。
洪水で大混乱を引き起こすな
農作物を荒らしたり、肥沃な土地を傷つけたりしないこと。
あなた方の行為によって、貧しい人々が最も苦しんだ
大雨の時、あなたはどんなルートでも流される
洪水によって多くの文明が打撃を受けた
河川は人類の文明の生命線であるにもかかわらず
これまでダムも解決策を提供できなかった
ダムの決壊による災害はほとんどなかった。
汝の力強い流れは、ゆっくりと静かになっていく。

仕事の果実（カルマ）

悪かろうが善かろうが、誰もが自分の仕事の成果を享受しなければならない

ニュートンの第三法則は普遍的で不可避である

善行と善行は良い見返りをもたらす

悪い行いや行動は、あなたに苦しみを強いる

誰もカルマの結果や果実を免れることはできない

いい仕事をし、いいことを考えるのがサンカルデーヴァのダルマだ

人、社会、そして動物界に良いことをする

死の間際には、安らぎ、静けさ、尊敬の念を見出すだろう。

嫉妬

他人の成功を見るには、嫉妬してはいけない
そうでなければ、人生は無慈悲なものになる
嫉妬していては、有名になれない
常に他人を批判することは、あなたの人生を多孔質にする
嫉妬に燃えるのではなく、途方もない仕事をするのだ；
嫉妬とエゴはあなたの邪悪な仲間
彼らは決してチャンピオンになることを許さない
むしろ、彼らはあなたの親友の意見を台無しにするだろう
人生の成功のためには、嫉妬やエゴの追放が良い解決策となる。
悪い仲間を諦めれば、脳は創造的なシミュレーションを始める。

すべてはいつも通り

来年、私が生きているかどうか
地球は自転・公転する
汚染によって季節はいつものように変わる
永久的な解決策はないかもしれない
しかし、物事は何も気にすることなくいつも通りに進む；
私の傷ついた心は、死ぬまで結ばれないかもしれない
しかし、傷ついた心を抱えながらも、人々は希望と信念を持ち続ける。
人生の痛みに耐えるために、ある者は別れを告げる。
挫折を繰り返しても、もうひと頑張りする人もいる
しかし、それでも地球はどんどん進んでいく；
宇宙の起源について新たな理論が生まれる
科学者や哲学者の見解は多様である。
しかし、宇宙の膨張は止まることも逆転することもない。
物理学の基本法則、自然はそれを維持する
しかし、私たちの記憶は保存される；
過去、現在、未来という時間の性質は、過去に戻ることを許さない。
人生は、幾重にも重なるように、行ったり来たりする。
大きな出来事の歴史も、限られた時間しか残らない
この自然と創造の美しさは、とてもバランスが取れていて素晴らしい。
喜びとワインで23歳に別れを告げる。

亀

その昔、レースはスロー＆ステディが勝つものだった
というのも、疾走するウサギは少し休むことにしたのだ。
しかし、森林伐採によって状況は変わった。
カメもウサギも命題を失いつつある
亀は堅い盾を使って賢い狐を欺くことができた。
しかし、カメは農業分野では生き残れず、芸もできなかった
亀は黙っているべきなのに口を開けてしまった。
シートベルトもパラシュートもつけずに空を飛ぶのは間違っている
鶴も亀も耳に綿は使わなかった
騒音や歓声に反応することは、常に怒りや涙をもたらす。

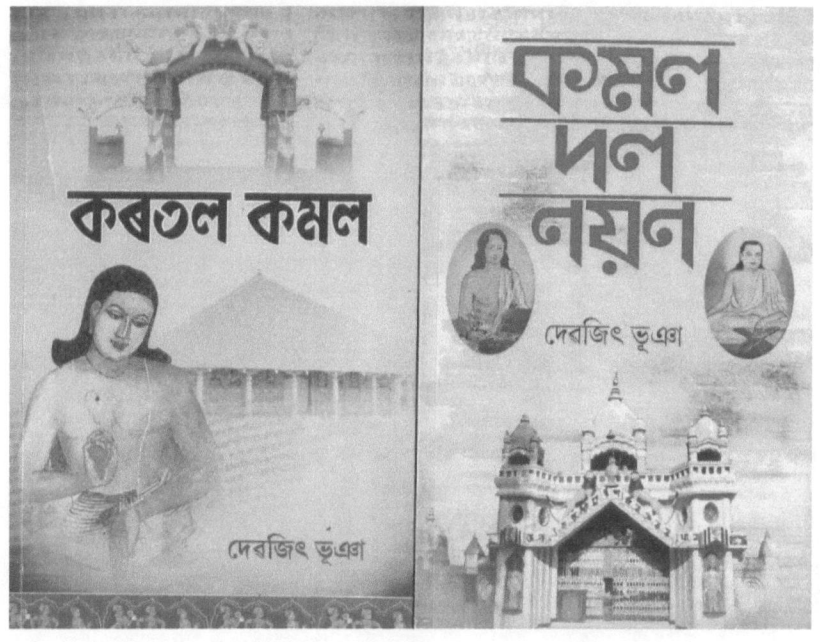

カラスとキツネ

キツネはカラスを欺き、その肉を食べた。

カラスはキツネの口から雌鶏を放し、復讐を果たした。

小石を入れたポットから水を飲むカラスを見て

キツネは何度もジャンプしてブドウを食べようとしたが、うまくいかなかった。

カラスは荒らしと侮辱のポーズで失敗を笑った。

ワシが羊を持ち上げられるのなら、カラスはなぜ私ではないのかと考えた。

彼女は羊毛に張り付き、キツネに喜びを与えた。

キツネが神に祈った、竹の上を流れる洪水

空を自由に飛び回ったカラスが座る場所

神は雨を降らせ、狐を洪水の水に浮かばせた。

キツネは間違いに気づき、天候が回復するよう祈った。

隣人が知的で成功していても、嫉妬してはいけない。

能力を持たずに競争しようとすれば、コンディションは無慈悲なものになる。

自分なりの解決策を見つける

200 年生きたい？
カメやシロナガスクジラになって楽しむ
青空を高く飛びたい？
イーグルになるには
健康のために速く走りたい？
チーターになれば、誰よりも先を行くことができる。
背が高く、遠くを見渡したい？
キリンになってトークの木の葉を食べる
支配から解き放たれた人生を送りたい？
人間が家畜化できなかったシマウマになれ
他人に喧嘩を売ったり、吠えたりしたかったのか？
ロットワイラー犬になって人を噛む
昼も夜も眠りたい？
コアラになれば、働く必要も戦う必要もない
もっと食べたい、食べ過ぎたい？
君が象になることは良いことだ
パスポートとビザなしで旅行したいですか？
シベリア鶴になるのが最良の選択
しかし、あなたは知性を持った人間である。
何を望み、何を優先するかは、自分で解決策を見つけることだ。

誰もあなたを引き上げない

転んでも誰も助けてくれない
誰もが栄冠を目指して走る
猛烈なラッシュで、あなたはつぶされるかもしれない
あなたの死体が踏み台になるかもしれない
この動いている世界では、あなたは一人であることを常に忘れないでほしい。
誰もあなたの涙を拭いてくれる人はいない。
一人でいても、立ち上がり、冷静でいなければならない。
最終的には誰もが同じ場所にたどり着く
痛みも、喜びも、涙も、すべてが粉々になる。
だから、なぜ一瞬たりとも転ぶことを恐れてラットレースに参加するのか？
最終的には、失敗も成功も関係ないと知っているとき
失うものも得るものもないので、ゆっくりと着実に進む
こうすることで、旅の間、ストレスや痛みを避けることができる。

嫉妬、嫉妬、嫉妬

彼は神の祝福を数年間祈り続けた。
ついに神が現れ、『わが子に何を望むのか』と尋ねた。
頼んだものは何でもすぐに手に入れてほしい』。
しかし、なぜそのような祝福が必要なのですか？
幸せでお金持ちになりたいという願いを叶えたい」。
この祝福は、絶対的なものではなく、条件付きで与えることができる。
すべての条件が私に受け入れられる」、私の望みを叶えるだけでいい
あなたは望むものを得るが、隣人はその倍を得る』。
しかし、もしあなたが他人を傷つけようとするならば、すべてが消えてしまう。
私に受け入れられ、神は『アーメン（amen, 참참참참참참참）』と言って消えた
2階建ての美しいビルが欲しい」と男は願った。
そのとたん、4階建てのビルが隣人に建ってしまった。
私の家には美しい車が10台はあるはずだ。
20台の美しい車が彼の隣人に渡った。
裏庭にプールを作るべきだ
すぐに隣人にプールが2つもできた。
一週間もしないうちに、その男は隣人に苛立ちと嫉妬を抱くようになった。
すぐに、彼は隣人の富を見て腹を立てた。
どうすれば隣人を打ち負かすことができるだろうかと考えたとき、その男は気が狂いそうになった。

隣の家を見たとき、彼は深く悲しんだ。
隣人は2つのプールの近くを楽しそうに歩いていた。
幸せそうな隣人を見て、彼は突然、解決策を思いついた。
「私の片目を傷つけてくれ」男は隣人を見てそう願った。
すぐに隣人は目が見えなくなり、プールに落ちた。
泳ぐことを知らなかったので、隣人は死んだ。
神よ、あなたの祝福をお返しください。

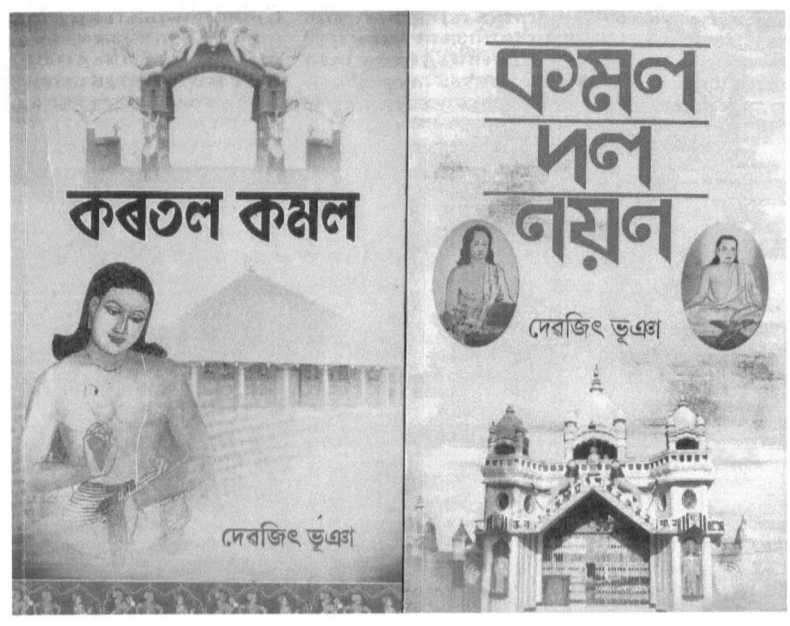

死と不死

死にたくても死ねない、なぜなら不死だからだ
永遠に生きたいなら、死ぬしかない。
生命の基本的な本能は、永遠に生き続けることである。
しかし、自然の法則は逆で、適者も死ななければならない。
生と死、相反する二つの力が絶えず働いている。
だからこそ、種の進化は止まらない。
数時間生きる人もいれば、500年生きる人もいる。
しかし、自然が特別扱いされたり、涙を流したりすることはなかった。
あなたが生きていて、死後硬直が始まっていない限り
あなたは死すべき存在ではない。

目的がわからない

子孫を残すことが人生の目的なのか？
それとも、生命の目的は遺伝子コードを守ることなのか？
人生の目的は、より良いものを食べ、よく眠ること？
それとも、次世代に語り継がれるストーリーを作ることが目的なのか？
人生の目的は金と富を蓄えることなのか？
天国か地獄に行くときにすべてを捨てていくのか？
人生の目的は平和と幸福を追い求めること
では、なぜこれほど多くの活動やビジネスがあるのか？
人生の目的は、痛みを最小限に抑え、快適さを最大限に高めることなのか？
それなら、昏睡状態で生きるのが最良の手段だっただろう；
人生の目的は生きることであり、他人を生かすことである。
それなのに、どうして鶏肉や羊肉、動物の兄弟を食べることができるのか？
創造主とリンゴ磨きの神に祈ることが目的なら
私たちの祖先であるチンパンジーは、なぜこのコースを取らなかったのだろうか？
目的も目的地もない人生
今日を楽しく平和に生きることが唯一の解決策だ；
目的を見つけようとするとき、私たちはコンパスのない深い森の中にいる。
行き詰まることを考えずに、自分の道を旅するように生きていく方がいい。

苦労して稼いだお金がどこに消えてしまうのか？

重力と摩擦に打ち勝つエネルギーを身につける

しかし、無重力と無摩擦は生命を冬眠に追いやるだろう

電磁気学と核力、そして重力が生命の源である

摩擦は、私たちの物質的な人生の航路をナビゲートするために重要である。

私たちが稼いだお金のほとんどは、重力によって消費されている。

美しいドレスや装飾品は補助的なものにすぎない

余分な荷物を持ち運ぶためには、エネルギーを使わなければならない。

重力、電磁気力、核力を使った遊びは人生そのものだ

摩擦の役割は、妻がするようなすべての仕事をすることである。

食物をエネルギーに変え、エネルギーを使って力に打ち勝つ

この生存のための主要な仕事をするために、ホモ・サピエンスは代替手段を持たない。

重力と摩擦の問題では、樹木の方が有利な立場にある

食物についても、光合成は彼ら独特の秘密主義であり、簡単な解決策である。

マングース

彼は憎しみも、嫉妬も、人間の複雑な生き方も知らなかった。

彼は主人とその子供だけを心の底から愛していた。

彼の愛と忠誠に下心や既得権益はない

彼は動物の本能を持った動物であり、残酷な人間の心を超えた存在だった。

だから、彼は主人の子供の命を救うために死とたたかった。

そして、彼が成功したのは、彼の誠実さと主人への愛情があったからだ

若い友人を守ろうとする彼の明確な献身と意志

しかし、複雑で配線された人間の心は、常に否定的なことを最初に考える。

マングースの体についた血を見て、婦人はすぐに彼を殺した。

というのも、第一にポジティブで良いことを考える人間はほとんどいないからだ。

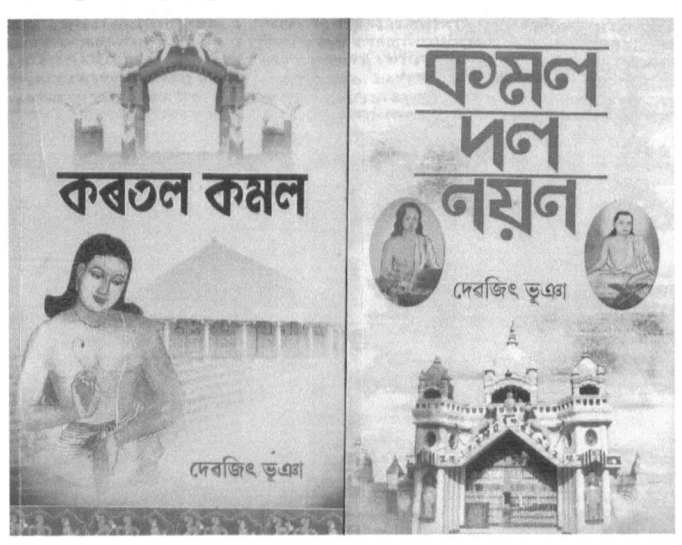

神の祝福

神の祝福は内部評価や採点のようなものだ

もしあなたが祈り、プージャーを行い、彼にお金や金を捧げれば、祝福を得ることができる。

これらのことをしなければ、生きていることはできるが、成功はおぼつかない。

しかし、祈らずとも、理論に励むことで試験に合格することはできる。

アップル・ポリッシュなしでも、多くの人がもっといいストーリーを書いていた。

毎日祈りを捧げる人々も、病気や事故で亡くなった。

信者でない人にとっても、生と死は同じ成分である

宗教のブローカーがなぜ祈りを重視するのか理解できない

飢えた乞食の姿をした神を見た者はいない。

物質的な形での神の化身を示す科学的証拠は稀である。

神の祝福を得るためには、正直であること、正直であること、誠実であることがより良い成分である。

枯れ木も山の賑わい

私は枯れ木、太陽と月の下に横たわっている
腐敗が早く、まもなく母なる大地に吸収される
しかし、苔や菌にとっては、私の死体は恩恵である。
死後も食料と栄養を供給する
彼らにとって、私は未来の道を切り開く聖火ランナーなのだ。
土にどっぷり浸かって、土の一部になるまで。
ますます多くの雑草や昆虫の新しい生活が始まる
ある日、鳥が私の種の種をここに落とすだろう。
私はまた大きな木に成長し、鳥たちが枝を分け合うだろう。
その過程で、私は不滅の死すべき存在となり、すべての木々が気になるはずだ。

私はゾンビと生きている

私はゾンビの群れの中で生きている
金銭欲と欲望に溺れる
彼らの価値観はサビで腐っている
溜まったホコリを掃除する気がない
お金にだけ、彼らは信念と信頼を持っている
目標は富と不死を集めること
永遠に生きることを追い求め、道徳を失った
彼らの唯一の目的のために、誠実さを放棄する。
誰も群れの態度を変えることはできない
ブッダもイエスも、他の人たちも疲れてしまった
何千人もの高貴な男たちが死に、引退した。
しかし、欲と欲望のために、ゾンビは疲れを知らない。

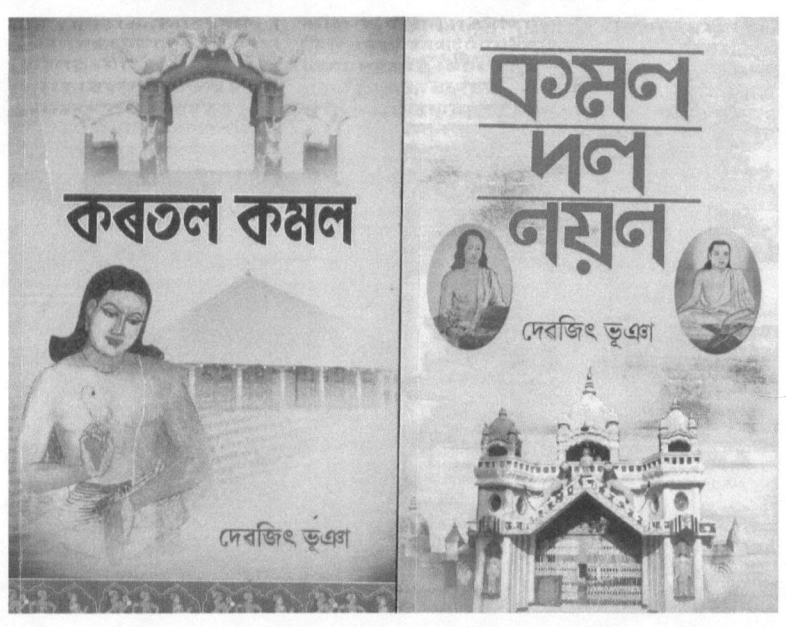

そして人生はこうなる

月曜日、火曜日、土曜日、そして1週間が終わる
ある晴れた日の朝、月会費の支払い時間だ。
1月が2月、3月になり、突然12月になる
バスや電車を待ちながら、時間は立ち続ける
空港ラウンジでの待ち時間は時間の無駄でしかない
目的地に着くまでの何時間もの長距離ドライブは無駄である。
私たちは人生の3分の1をベッドの上で過ごす。
学生生活で不必要なことを学ぶ6時間に価値はない
医務室の外で待っていると、時間が遅いことに気づいた。
私たちは何ヶ月間クエの中で過ごしたか、誰も数えられない。
子供の頃から試験会場にいた3時間は大きい
人生をより良いものにするために、どれだけ自分のために時間を使うか。
同じサイクルの中で、私たちはぐるぐると動き回る。
人間は惑星であり、太陽の周りを一定時間内に移動するよう拘束されているわけではない。
快適な日常から抜け出せないのであれば、太陽の光を浴びることはできない。
つかみどころのない成功と拍手喝采のために、レートレースを走る
自分らしい生き方をするために、遅れをとっている
時が終わりを告げ、墓場に行くことになったとき
私は臆病で、勇敢ではなかった。

ブロークン・ハート

突然の失恋
酔っぱらう人もいた
しかし、これは証明された救済策ではない。
あなたの人生は簡単に盗まれる
いつ何が起きてもおかしくない；
過去を忘れ、前へ進むと言うのは簡単だ。
しかし、誰もがゲイになれるわけではない。
失恋の代償は支払わなければならない
孤独の中で考えるとき、私たちは道を見つけることができる。
毎朝、太陽は私たちに新しい希望と光を送ってくれる；
失恋すると自殺する人もいる
しかし、悲しみに暮れている間は、決して決断することはない。
外の人々の苦しみや痛みに目を向ける
絶望していても、少しずつ痛みは和らいでいく
すべての問題の解決策は、その中にしかない。

止められない技術

文明は性格を変えた
人々はより多くの情報を得て、より賢くなった
剣の力で宗教を広めるのは難しい
銃口で共産主義を強制することもできない
しかし、軍部による民主主義の乗っ取りは珍しいことではない。
共存の原則をまだ受け入れていない人々もいる
自分たちの信念を守るために、世界中で抵抗が起きている。
しかし、文明の発展は持続と連続である。
テクノロジー、搬送波は境界を気にしない
そして今、山火事のように人類を飲み込んでいる。
間もなく、分断の社会システムの弊害はすべて瓦礫と化すだろう。

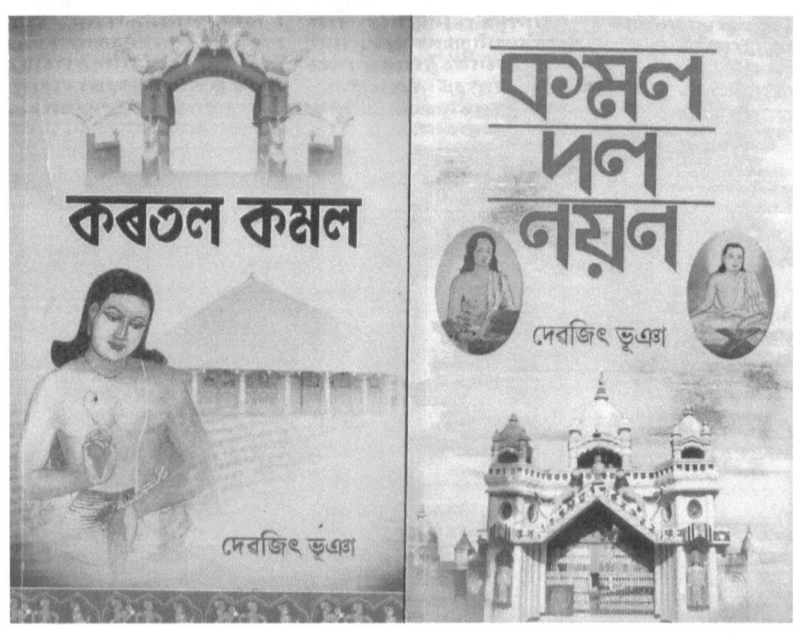

ジェンダー不平等

彼女はブルカの下で涙を拭い、空を見た。
4人の子供たちが彼女の服を引っ張っている
彼女が母親と別れたのは、わずか6年前のことだった。
泣いても泣いても、誰も彼女の話を聞いてくれなかった。
10人の子供の長男として、ニカーを受け入れなければならない。
彼女の責任は6人の姉妹にもある。
長男が家にいるのに、どうして結婚できるのか？
彼女はまだ13歳だった。
彼女が夫を見てどれほど怯えていたか、今でも覚えている。
他の3人の妻たちも、辛そうに彼女を見ていた。
しかし、彼女を新しい寝室に送る以外に選択肢はなかった。
今、4人の女性は憎しみと嫉妬の中で同居している。
子供たちを養い、教育しなければならないからだ。
彼らに同じことが起きないことを祈りつつ、いつか陽は昇るだろう
そして世界は神の名の下、男女不平等から解放されるだろう。

いつの日か、ガラスの天井はなくなる

昔々、彼女は火葬場で死ぬことを余儀なくされた。
彼らは大音量で音楽とドラムを演奏し、彼女の痛々しい音には耳を貸さなかった。
彼女は奴隷のように扱われ、男性に仕えるための奴隷労働者だった。
王妃でさえ一生目隠しをしたままだった。
男性のエゴを満足させるためだけの理由も論理もなく、彼女は追放された。
彼女でさえ、人々の間で夫の名前を発音することはできなかった。
彼女は自宅で籠の中の鳥のように暮らし、DNA を保存するために卵を産んだ。
宗教のブローカーたちは、彼女が寺院に入ることさえ禁じていた。
しかし、文明の光を運ぶ彼女の勇気は、決して衰えることはなかった。
だからこそ、私たちはいまだに国を母国と呼び、言語を母語と呼ぶのである。
彼女は今、ケージの外に出て広い空を飛んでいる。
いつの日か男女の差別がなくなり、ガラスの天井がなくなるだろう
母性の尊厳と女性らしさの美しさは、誰にも汚すことはできない。

神は彼の祈りの家には興味がない

世界はモスク、教会、寺院で溢れている
しかし、世界の平和と同胞愛は、しばしば不自由を強いる。
暴力と戦争のない人類への解決策は単純ではない
神の名の下に、すべての宗教は悪ふざけをする。
ラマダンの聖月でさえ、人々はトラブルを起こす；
神は世界のどこでも祈りの家を守ろうとしなかった
破壊されたモスク、教会、寺院に対して、彼は冷たい。
神の名による殺人を止めるために、彼は決して大胆なことはしなかった。
進化と自然のプロセスを経て、すべてが展開する
受動的で非活動的な神という考えは、いつか売れ残るだろう；
神の名の下に人々を分断し、人類に不幸を与えた。
聖地と呼ばれる都市は、有益な宝庫を開いた
武器弾薬を買うために、宗教指導者たちは高利貸しをしている
昨今、テロや暴力にとって、宗教施設は苗床となっている。
ラマサリーを持つ仏教僧だけは例外だ。

著者について

デヴァジット・ブヤン

デヴァジット・ブイヤンは電気技師であり、心の詩人でもある。インド技術者協会、インド行政職員大学（ASCI）のフェローであり、紅茶とサイとビーフーの国、アッサム州の最高文学団体であるアサム・サヒティヤ・サバの終身会員でもある。この25年間で、さまざまな出版社から45以上の言語で70冊以上の本を出版している。全言語で出版された著書は157冊を数え、年々増加している。出版された本のうち、約40冊がアッサム語の詩集、30冊が英語の詩集、4冊が子供向けの本で、10冊ほどがさまざまなテーマの本である。デーヴァジット・ブイヤンの詩は、私たちの惑星地球に存在し、太陽の下で目に見えるものすべてを網羅している。人間、動物、星、銀河、海、森、人類、戦争、テクノロジー、機械など、ありとあらゆる物質的、抽象的なものを詩にしてきた。彼についてもっと知りたい方は、www.devajitbhuyan.com、彼のYouTubeチャンネル@careergurudevajitbhuyan1986をご覧ください。

www.ingramcontent.com/pod-product-compliance
Lightning Source LLC
LaVergne TN
LVHW041850070526
838199LV00045BB/1531